ビルギッタ・ヴェスティン
本書の企画・編集、および、著者クリスティーナ・ビヨルクの
ヴィンメルビーへの調査旅行に同行。

ピア・ヒンネルッド
著者クリスティーナ・ビヨルクとともに、
デザインを担当。

ASTRIDS ÄVENTYR
Innan hon blev Astrid Lindgren

Text by Christina Björk
Illustrations by Eva Eriksson

Text copyright © 2007 by Christina Björk
Illustration copyright © 2007 by Eva Eriksson

Illustrations contributed to the works by Astrid Lindgren
Copyright © by the respective illustrators
Photographs used in this edition
Copyright © by the respective photographers
For details, please see page 88.

First published 2007 by
Rabén & Sjögren Bokfölag, Stockholm.

This Japanese edition published 2007
by Iwanami Shoten, Publishers, Tokyo
by arrangement with Norstedts Agency, Stockholm.

All rights reserved.

遊んで 遊んで
リンドグレーンの子ども時代

クリスティーナ・ビヨルク 文

エヴァ・エリクソン 絵

石井登志子 訳

岩波書店

マルガレータ・ストレムステッド
著書『アストリッド・リンドグレーンの伝記』は、この本の制作に大いに貢献。

レーナ・テルンクヴィスト
アストリッド・リンドグレーンの幼少期に重要な意味を持つ、人物・出来事・場所についての情報提供。原稿の校閲。

カーリン・ニイマン
アストリッド・リンドグレーンの娘。原稿の校閲。

バーブロ・アルヴテーゲン
アストリッド・リンドグレーンの兄の娘。アストリッドの育った赤い家の紹介、および原稿の校閲。

レーナ・フリース・イェーディン
アストリッドの親友、マディケンの娘。母マディケンを語り、古い写真やマディケンの本や銅製のおもちゃの動物などの提供。

ニッセ・ニイマン(アストリッドの娘カーリンの息子)と
ヤコブ・フォシェッル
古い写真の発掘と整理。

セシリア・エストルンド、マルタ・ヘーデネール、
アンナ・ヴェンデル、シャルロッテ・ヴェーネレーフ
(スウェーデン児童書研究所)
新聞の切り抜きや、アストリッドが幼少期に読んだ本の古い版の調査。

ダヴィド・シェーフェル
古い映画のポスター、パンフレットの調査。

ビルゲール・アンデション
聖堂守で、ペラルネ教会とコウモリについて紹介。

ビヨルン・ホルム
生態学者。桜の花の咲く時期を教示。

ジャンネ・ハッセルクヴィスト
ヴィンメルビーの写真や文書の調査協力。

インゲール・アドルフソン
ヴィンメルビー図書館での協力。

上記の方々のご協力を得ました。
感謝いたします。

もくじ

まえがき	4
ネースの四人兄妹	6
サメラウグストとハンナ	8
床におりない遊び	10
"お腹ぽん！"	12
アストリッドのミミズ	13
やさしいペッレとくすぐったがりの馬	14
作品の中では‥‥ 🐾1－12	16
日曜日は、たいへん	18
おそろしい巨人バム－バム	20
おばけ雌ブタと悪魔の"だんな"	22
スグリの下の魔法使い	23
アストリッドの人形、月へ行く	24
フクロウの木でのうれしい驚き	26
作品の中では‥‥ 🐾13－22	28
アストリッドの入学	30
子どもをぶつのは、ぜったいにだめ	32
本は魅力いっぱい	33
肥料槽は、"かがやく湖水"	34
不思議な魔法の紙	36
農道の柵と干し草便り	36
マディケン――世界一の友だち	38
鍵がかかっていたら、呼び鈴を押して	40
作品の中では‥‥ 🐾23－31	42
スモーランドでいちばん長い牛舎棟	44
サッカーに熱中するアストリッド	45
干し草の山にとびおりて	46
まっすぐになったマナッセのしっぽ	47
おがくずのなぞ	48
ヴィンメルビーの市	50
映画の好きなアストリッド	51
ネースには、ほとんどなんでもありました	52
作品の中では‥‥ 🐾32－41	54
まるで、ピッピのごたごた荘	56
アストリッドのまわりの大人たち	58
何よりも大切なもの	60
サクランボの実る頃	62
作品の中では‥‥ 🐾42－49	64
アストリッドを訪ねる旅に出ませんか？	66
ヴィンメルビーを、ぶらぶらと	66
アストリッドのお墓	69
ネースへ行きましょう	70
やかまし村へ	73
北屋敷、中屋敷、南屋敷	74
つぎは、カットフルト農場（ジッベリイド村）	75
樹齢千年のヨーロッパナラの木	76
遊びと寸劇の遊園地、アストリッド・リンドグレーン・ワールド	77
アストリッドに関するホームページ	77
それからのアストリッド	78
アストリッドの略年譜	82
アストリッド・リンドグレーンの作品一覧	84
アストリッド・リンドグレーンに関する本	87
アストリッドの兄妹の本	88

まえがき

　この『遊んで遊んで　リンドグレーンの子ども時代』では、三つのことをあつかっています。

　まず第一は、アストリッド・リンドグレーンがまだアストリッド・エリクソンと呼ばれ、スモーランド地方（スウェーデンの南東部）の方言を話していた子ども時代のことを取りあげています。

　「わたしたちが遊び死にしなかったのは、不思議なくらいでした。」と、アストリッド自身が語っているように、アストリッドと兄妹、それに親友のマディケンたちは、遊んで、遊んで、遊び暮らしました。

　おもしろいお話や、ぞっとするような怖いお話を聞かせてくれたり、やさしい心配りをしてくれる大人たちにめぐまれて、アストリッドは育ちました。

　子どもたちが遊んでいたまわりの自然もすばらしく、大人になっても、アストリッドは決して忘れることがありませんでした。森や林、草原や牧場、春に咲く花のどれもこれも。それに、桜の花が咲く頃の美しさといったら！　こんなにたくさんの桜の木があるところは、他にはほとんどないでしょう。

　第二に、アストリッド・リンドグレーンが作品を書くにあたって、自分の子ども時代をどのように取りいれたかということに主眼を置きました。

　例えば、みなさんが、長くつ下のピッピ、やかまし村の子どもたち、おもしろ荘のマディケン、エーミル、名探偵カッレくんなどのお話を読んでいれば、この本で語られる幼い頃の日々がいたるところに生きていることに、気づかれるでしょう。

　アストリッド・リンドグレーンは物語の中に、子どもの頃近くにいた人々、動物、場所など多くのことを用いており、「まるで、生簀の中に、いつでもすくいあげられるカワカマスがいっぱいいるようなものよ。」と、アストリッドは言っていました。作家は、書く時にはたいてい、このように、自分の経験をもとに書きかえたり、つけ加えたり、また新しく自由に作ったりしています。

　作家は、書きたい気持があれば、かつて使った人物にも新しい名前をつけて、満足するまで、何度も、何度も、くりかえし作品を書きます。アストリッド・リンドグレーンも、同じようにしていました。

　この本の本文の中の🐞は、『遊んで遊んで　リンドグレーンの子ども時代』に描かれている出来事が、のちにアストリッド・リンドグレーンのどの作品に生かされたかについて、少し後のページで読むことができるという印です。

　第三として、もしもみなさんがアストリッドのふるさとヴィンメルビーを訪れることがあれば、この本は、例えば、ピッピのレモネードのなる木や、やかまし村、それにエーミルのカットフルト農場などを見つけるのに便利だと思います。つまりアストリッド・リンドグレーンが作品の中で使ったものが、生誕から百年も経っているのに、今日でもまだたくさん残っているのです。そして、訪れるのがたまたま五月なら、どうしてアストリッド・リンドグレーンが、『はるかな国の兄弟』の中で、すばらしいサクラ谷のことを書いたのかが、きっとおわかりになるでしょう。すべての桜の花が咲くのは、ちょうど五月です。その時には、あたり一面の、あまりの美しさに息を呑まれることでしょう。

クリスティーナ・ビヨルク

兄妹たち：左から、ニッコン、ベーレ、スリーマ、ゲーエー。
つまり、インゲエード、アストリッド、スティーナ、グンナル。
アストリッドは、この写真の時11歳でしたが、お話はもう少し幼い頃から始まります。

ネースの四人兄妹

　スモーランド地方の小さな町ヴィンメルビーのはずれに、ネースと呼ばれる農場がありました。ネースの赤い家には、遊ぶことにかけては名人の四人の子どもがいて、お話を作ったり、ごっこ遊びをしたり、屋根の上にのぼったり、小屋を建てたりしていました。けれど子どもたちは、カブを間引いたり、ライ麦を束ねたり、ジャガイモを掘りおこしたり、ニワトリのえさ用の葉っぱを摘んだりもできました。農場では、これくらいのことは、子どもでも手伝わなくてはならなかったのです。🔊1

　兄のグンナルがいちばん年上でした。つぎがアストリッドで、グンナルより一歳年下。そして、スティーナはアストリッドより四歳年下で、末っ子のインゲエードはスティーナよりさらに五歳年下でした。

　グンナルは、ゲーエー（GE）と呼ばれていましたが、それはグンナル・エリクソン、Gunnar Ericssonの頭文字をとったものでした。

　アストリッドは、ベーレと呼ばれていました。ある時、お父さんがグンナル閣下という名前の雄牛を買ったのです。すると、アストリッドは、アストリッド閣下という名前の雄牛も買ってほしいと、ただをこねたのですが、もちろん買ってもらうわけにはいきませんでした。そこでしかたなくアストリッドは、雄馬のベーレ王という名前から、自分のことをベーレと呼んでもらうことに決めたのです。ベーレ王が、農場でいちばんかっこよかったからでしょうか？　グンナルとアストリッドが、"馬と荷車ごっこ"をする時、アストリッドはいつも馬のベーレ王でした。ある時、アストリッドがベーレ王のしっぽの毛を三つ編みにしていたので、両親は、肝を冷やしました。ベーレ王が後ろ足で蹴りとばしていたら、どうなっていたでしょう！

　スティーナ（Stina）は、スリーマ（Slima）と呼ばれていました。手紙に名前を書く時に、スリーマと書いてしまい、それ以来、スリーマと呼ばれていたのです。文字の習いはじめは、むずかしいですからね。アストリッドが字を書きはじめた頃、グンナルはお誕生日に、たどたどしい字で「グンナル、おたんちょうび　おめでとう。アストリッドより」と書かれた、美しいカードを受けとっています。遠い将来どれほど多くの作品が書かれることになるのか、アストリッドや兄妹のだれにも、わからないことでした。

　いちばん幼いインゲエードは、"母さんのかわいいニッコン"と呼ばれていました。インゲエードが自分で言いだしたのですが、どうしてだかは、今ではだれも覚えていません。

サムエル-アウグスト・エリクソン　　ハンナ・ヨンソン

サメラウグストとハンナ

アストリッドのお父さんはサムエル-アウグストという名前でしたが、みんなが呼ぶ時には、サメラウグストと言っているように聞こえました。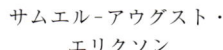2　アストリッドのお母さんは、セームと呼んでいました。サムエル-アウグストは、ヴィンメルビーから約二十キロ離れたセーヴェーズトルプ村で育ちました。この村には、北屋敷、中屋敷、南屋敷という三軒が並んで建っているだけでした。サメラウグストの家族は中屋敷に住んでいました。🔔3

サメラウグストは、愛情深い、ゆかいなお父さんで、とてもお話が上手でした。大きなお話や小さなお話、昔のお話や新しいお話をしてくれました。子どもたちはみんな、お話を聞くのが大好きでしたが、とくにアストリッドは並はずれて記憶力がよく、どのお話もはっきりと覚えていました。

セーヴェーズトルプ村の中屋敷の前でのサメラウグスト。

お父さんは、子どもの頃に思いついたいたずらのことも、よく話してくれました。🔔4　また、学校で見かけた、金髪に青いチェックのワンピースの女の子のことも話してくれました。女の子はきれいな字を書き、どんな質問にも間違いなく答えました。女の子は九歳で、サメラウグストが十三歳になるまでに見たなかで、いちばんかわいい子でした。ハンナという名前で、フルト（ペラルネフルト）村に住んでいました。

そして、なんと何年も後になって、サメラウグストは、ついに思いきってハンナに結婚を申しこんだのです。ヴィンメルビー教会のそばの、シダレトネリコの下のベンチで告白しました。その日は雪が降り、地面はぬかるんでいました。最初ふたりは、喫茶店カフェ・ローヤルで何杯も紅茶を飲みました。ほんとうはふたりともコーヒーのほうが好きだったのですが、紅茶のほうがおしゃれな感じがしたからでしょう。

ハンナは、求婚を受け入れたのでしょうか？　もちろん受け入れたから、物語は幸せな結末を迎えること

ペラルネフルト村のハンナは、サメラウグストがそれまで見たなかで、いちばんかわいい女の子でした。

小さな家族：アストリッドとグンナルといっしょに、
父サムエル-アウグストと母ハンナ。

になったのです。ハンナはアストリッドたちの母親になりました。ハンナは生涯ずっと美しい字を書きましたし、サメラウグストはずっとハンナのことをいちばんかわいいと思っていました。

　ハンナは、アストリッドや兄妹たちに行儀については、厳しくしつけました。けれども食事にくるのが遅いとか、ささいなことでは、決してうるさくはありませんでした。遅くなった時には、自分で食料置き場から食べ物を持ってきて食べればよかったのです。また遊んでいて、服を汚したり破ったりしても、だいじょうぶでした。もちろん、わざとじゃなければですが。インゲエードがテーブルの上によじのぼって、オーブンに入れる前のどろどろしたレバーペーストの生地をひっくり返して、かぶった時も、ちっとも怒ったりしませんでした。べとべとの生地をすっかり洗って、きれいにしただけです。ハンナはくどくど言わなかったのですが、それはきっと、ハンナに一回言われただけで、子どもたちが従ったからでしょう。子どもたちが、カブの間引きをしていて、いやになったりすると、ハンナは言ったものです。

　「さあ、がんばって！　なまけないで！」

床におりない遊び

　毎晩、家族はみんな、同じ部屋で休みました。お父さんのベッドは大きいので、アストリッドとグンナルは、交代でお父さんのそばで寝ることができました。お母さんは、引き出せるベッドの付いた青いソファーで、よく妹たちと寝ていましたし、折りたたみ式の子ども用ベッドもありました。台所のソファーでは、ふたりのお手伝いさんが寝ていました。　5　上の屋根裏部屋は、お父さんの両親、つまりおじいちゃんとおばあちゃんが使っていました。　6　農場の四人の働き手は、倉庫の部屋で寝泊りしていました。他にいくつか、きれいな客間や事務室などもありました。

　アストリッドの大好きな"床におりない遊び"。この遊びをする時は、兄妹や農場で働く人の子どもたちは、床にさわらずに部屋の中をまわらなくてはなりません。さわったとたんに、悪魔の"だんな"が出てきて、捕まってしまうのです！　事務室側のドアにしがみついて、ソファーへと移り、つぎに台所のドアから、鏡のついたたんす（アストリッドは、この後ろに"だんな"がいると信じていたのですが、だれにも言えませんでした）へとび移り、たんすから、書き机へとび乗り、お父さんのベッドに移り、布を張ったクッション椅子へととび、客間のドアの前を通りすぎて、タイル張りの暖炉にとび移るのでした。　7　寝室でのかなり荒っぽい遊びでしたが、おかげで、ほとんど毎週、タイルのすすは服でみがかれ、きれいになっていました。

"お腹ぽん！"

"お腹ぽん！"という、べつの遊びもありました。これは、グンナルとアストリッドが別々の方向に家じゅうをぐるぐる走りまわって、出会うたびに、相手のお腹を人さし指でぽんとつついて、"お腹ぽん！！"と、声を張りあげるのです。台所から玄関、そして寝室からまた台所へと何度も何度も、笑いながら駆けまわる遊びでした。

ところで、客間では遊ばせてもらえませんでした。クリスマスとか、復活祭とか、両親がお客さんを招待している時以外は、冬でも、部屋は暖められていなかったのです。テーブルの上には、たまに声に出して読むために、聖書が置いてありました。この部屋にはオルガンがあり、アストリッドは弾くのは好きではなかったのですが、時々賛美歌の練習をさせられました。

アストリッドのミミズ

　子どもたちは、もちろん、たいてい外で遊んでいました。グンナルとアストリッドは、年がひとつしか違わないので、"ぴったりの遊び友だち"だったと、グンナルは言っていました。

　ある日のこと、ふたりは、庭のはずれにあった板の下で、一匹のミミズを見つけました。ふたりともミミズがほしかったので、公平に真ん中から分けたのですが、生き物好きのグンナルは、ミミズを元のところへもどそうとしました。

　《ところが、アストリッドは、自分の半分のミミズを手放そうなんて思っちゃいなかったさ。口の中に入れると、すばやく飲みこんでしまったよ。》と、グンナルは話していました。🔎8

　グンナルがすることはなんでも、木登りや屋根の上に登ることもアストリッドはしたがりました。つぎのように、アストリッドは語っています。

　《もちろんわたしたちは、当時のキリスト教的な礼儀作法で育てられましたが、遊びについては、みごとに自由で、監視されたりしませんでした。わたしたちは、遊んで、遊んで、遊び暮らしました。遊び死にしなかったのが不思議なくらいです。わたしたちは、サルのように、木や屋根に登ったり、積みあげられた板の山や干し草の山からとびおりたりしたので、お腹がキュッとどうにかなりそうでした。黄泉の国への入り口になりそうな、おがくずの山の中へもぐりこんだりもしました。ぜんぜん泳げないのに、「おへそよりも深いところへ行っちゃ、だめよ。」と言う母の言葉などすっかり忘れて、深いところまで入っていったものです。でもまあ、兄妹四人とも生き残ってきました。》

やさしいペッレとくすぐったがりの馬

　馬の世話や、農場の監督をしていたのは、お父さんのいとこ、ペッレでした。ペッレは、この一族の特徴かもしれませんが、信じられないほど親切な人でした。ペッレは十四歳でネースに来て以来、生涯ずっとネースで過ごしました。

　ペッレの馬をあつかう技術はすばらしく、蹄鉄が最もむずかしいといわれる馬にさえ蹄鉄が打てる、ただひとりの男でした。蹄鉄がむずかしい馬は、脚をさわられるとくすぐったがって、暴れるのです。けれどペッレは、馬の脚をさわらずに、蹄をじかにつかめば、蹄鉄を打たせてくれることに気づいていたのです。ペッレは、蹄鉄打ちの腕がいいと評判になり、めんどうな馬になるとすぐにお呼びがかかりました。9　ペッレは、地区の馬なら全部知っていて、ネースの前の牧師館の並木道を駆けていく蹄の音を聞くだけで、どこの馬かを当てられるほどでした。

　とくに子どもたちは、ペッレが大好きでした。両親がパーティーに出かける時、ペッレはよく子守りを頼まれました。そんな時、ペッレは子どもたちにチョコレート菓子をくれるのですが、スティーナやインゲエードなど、小さい子どものほうがたくさんもらえるので、アストリッドとグンナルは、ちょっぴり不公平だと思っていました。10

サムエル-アウグストのいとこペッレと、堂々としたフィアラル王。ペッレは、とくべつくすぐったがりのこの馬にさえ蹄鉄を打つことができました。

　赤い家のそばには、別棟の建物が並んでいて、ブタやウサギが飼われていました。オンドリの"スタフ首相"や"王さま"といっしょに、メンドリたちもいました。ニワトリのボスは"スタフ首相"でした。ある日"スタフ首相"は、あわれな"王さま"を、嘴でつつき殺してしまいました。

　別棟の端に便所があり、アストリッドは四歳の頃、ここに隠れようとしたことがありました。お母さんが不公平だと思ったからです。自分がいなくなれば、みんな泣いて、探しまわってくれると考えたのです。アストリッドはいやになるほど待ったのに、だれも来てくれません。🎧11　ついにあきらめて、家にもどりました。すると、どうでしょう、お母さんはみんなにキャラメルをあげていたのです！

　もう少し大きくなってから、アストリッドはもう一度、家出の決心をしました。真夜中に、友だちといっしょに家を出ることにしたのです。アストリッドは、寝る前に、足の親指にひもをむすび、そのひもの先を窓からたらしておきました。友だちが、ひもを引っぱって、起こしてくれることになっていたのです。ところが、アストリッドも友だちも寝過ごしてしまって、家出はおじゃんになりました。🎧12

作品の中では···· 🐛1－12

イングリッド・ヴァン・ニイマン

🐛1　『やかまし村の子どもたち』（岩波書店版は、イロン・ヴィークランド絵）でのお手伝いは、アストリッドや兄妹たちが、ネースでしてたのと同じです。

イングリッド・ヴァン・ニイマン

🐛2　『カイサ・カヴァート』の中には、アストリッドのお父さん、サメラウグストについてのお話も入っています。こんなにウサギがほしいと願っているのに、地面から出てこないのは不思議だと、サメラウグストが思ったことなどが語られています。

イングリッド・ヴァン・ニイマン

🐛3　やかまし村と同じように、セーヴェーズトルプ村では三軒の家が並んで建っていたのです。けれど、やかまし村の子どもたちの遊びや冒険のほとんどは、ネース農場で、アストリッドたちがやっていたことでした。

ビヨルン・ベリイ

🐛4　サメラウグストのいたずらの数々は、のちにエーミルのお話になりました。

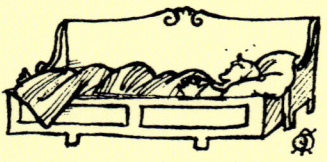

ビヨルン・ベリイ

🐛5　エーミルのカットフルトのお手伝いさんのリーナも、この頃の農場ではたいていそうしていたように、台所のソファーで寝ていました。

🐛6　アストリッドが、やかまし村のお話でおじいちゃんのことを書く時には、このおじいちゃんのことを想定していました。

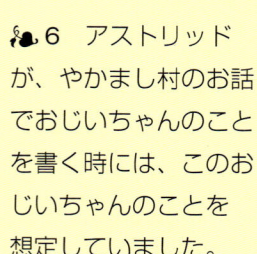

イングリッド・ヴァン・ニイマン

イングリッド・ヴァン・ニイマン

ビヨルン・ベリイ

リア村にも、くすぐったがりやの馬が出てきます。

👤10 14ページの写真で、ペッレが馬のフィアラル王といっしょに写っています。フィアラルという馬の名前は、『はるかな国の兄弟』の中でクッキーの馬に使われています。また、エーミルシリーズの中に登場する作男のアルフレッドは、アストリッドがペッレのことを想定して書いています。でも、エーミルの怒（おこ）りっぽいお父さんは、だれがモデルだったのでしょうか？

イングリッド・ヴァン・ニイマン

👤7 『長くつ下のピッピ』『こんにちは、長くつ下のピッピ』に出てくる、ピッピとアンニカとトミーの"ゆかにおりないあそび"は、アストリッドたちが遊んだのとまったく同じです。

👤8 アストリッドは、ミミズの半分を飲みこみました。『カイサ・カヴァート』の中の「もっとたかいとこから、とんでみろ」に、ミミズを飲みこむお話があります。

👤9 ネースの農場と同じように、エーミルのレンネベ

👤11 『カイサ・カヴァート』の中のお話、「ペッレ、コンフセンブー小屋へ引っこす」を読んだ人は、よくわかりますね。

👤12 『やかまし村の子どもたち』の第11章「アンナとわたしの家出」を読んだ人は、リーサが足の親指にひもをくくりつけて、どうなったのか、覚えていることでしょう。

ビヨルン・ベリイ

日曜日は、たいへん

　アストリッドは、日曜日は、たいくつするためだけに作られたのだと思っていました。日曜日になると、まず手編みの黒いウールの、"チクチクくつ下"をはくことから、一日がはじまります。この名前は、子どもたちのひざこぞうの裏がチクチクとかゆくなるから、ついたのでしょう。

　それから、家族そろって教会へ行きます。四歳の頃、アストリッドは、教会の長いすで隣にすわっているグンナルに、ささやきました。
「グンナル、牧師さんのおはなし、わかるの？」
「わからないよ。」グンナルがおちついて答えました。「いいかい、わかる人なんか、いないんだよ！」

　教会では、牧師さんがよく、"父と子と聖霊"のことを話していました。だれのことなんでしょうか？　グンナルは、日曜学校のカールソン先生、ヨハンソン先生、そしてスベンソン先生の三人のことだと教えてくれました。聖霊には、長くて白いあごひげがついていたってわけです。そして、牧師さんの奥さんは、きっとマリアさまだったのでしょう。

　子どもたちは、毎日曜日、必ず日曜学校に行くことになっていましたが、アストリッドは、あまり気乗りがしませんでした。チクチクくつ下に、罪人や懺悔、それに天使のお話ばかりじゃ、うんざりしてしまいます。でも、天使はまだ気に入っているほうでした。

　家に帰ると、さっそく天使ごっこができるからです。頭に、お母さんの白いエプロンをベールのようにかぶります。もちろん、グンナルは大天使（天使の九階級中の第八階級の天使。ミカエル、ガブリエル、ラファエルなど）でしたが、アストリッドは、それよりも低い階級ではいやがったので、子どもたちで勝手に上天使という名前をつけていました。けれども、スティーナやインゲエードは、小さな守護天使か、救ってもらう貧しい子どもたちにしかなれませんでした。

夕方には、お母さんといっしょに賛美歌を歌い、夕べのお祈りをしました。13　歌詞や祈りの言葉はよくわからないので、アストリッドは、知っている場所を順々に思い浮かべながら、お祈りの言葉をそらんじていました。お祈りは、たきぎ小屋の角から始まり、洗濯小屋へと続いていきました。このことをグンナルに話すと、グンナルは、「ばかだなあ。お祈りは、牛小屋の後ろまで続くんだよ。」と、言ったのです。「そんなの、だめだわ。」と、アストリッド。牛小屋の後ろの肥料槽までだなんて！　アストリッドのたどる道は、もっときれいで、ちょうど「アーメン」が、エゾネコノメソウの咲いている小川のところで終わるようになっていたのです。エゾネコノメソウは、スティーナの大好きな、小さなかわいい春の花で、"黄金色のおしろい"と呼ばれていました。アストリッドは野バラが好きでした。

　夕べのお祈りのあと、アストリッドは神さまに、火事が起こらないように、そしてネースの大好きな人たちがだれも死にませんようにと、お願いしました。死ぬのなら、みんないっしょでなくてはなりません。《天国へ行って、ひとりでハープを弾いているんじゃ、つまらないと思っていたのでしょう。》と、アストリッドは話していました。

　スティーナはお祈りはていねいにしていましたが、ある時ペッレが夕べのお祈りをまるでしないと聞くと、ペッレを救うことに決めました。そこで、スティーナは、夕べのお祈りを二回くり返すようにしたので、ペッレの分にもなっていたことでしょう。

エゾネコノメソウ。ラテン名 Chrysosplénium alternifólium

赤い家の前で、エリクソン家の人々と、農場で働く人たちとその子どもたち。左側の建て増し部分は、台所の入り口。

おそろしい巨人バム-バム

　アストリッドの家のそばに、牛の世話係の一家が住んでいました。今なら家畜監督とでも呼ばれるのでしょう。おかみさんの名前はクリスティンで、娘の名前はエディトでした。エディトは、グンナルやアストリッドより少し年上で、もう学校に行っていました。クリスティンの台所で、エディトは、ふたりに"巨人バム-バムと妖精ヴィリブンダ"のお話を読んでくれました。14 アストリッド自身が次のように、書き残しています。

　《兄とわたしは、床の上にすわり、エディトが読んでくれる"巨人バム-バムと妖精ヴィリブンダ"のお話を聞いて、度肝を抜かれました。まったく、よくその場で死ななかったものです！　その瞬間、わたしに、本に対しての熱いあこがれが生まれたのです。四歳児のつたない思いいっぱいで、エディトが読む、奇妙な黒いわけのわからない文字を見つめていると、不思議な魔法にかかって、突然台所じゅうに妖精や巨人や魔女があふれてくるのでした。この日以来、わたしとグンナルのせいで、エディトには自由な時間はなくなったのです。エディトは、くり返し"巨人バム-バム"を読んでくれました。そして、新しいお話の本も次々に借りてきてくれたのですが、わたしとグンナルの、お話を聞きたいという、新しく目覚めた渇望は、飽くことを知りませんでした。》

アストリッドとエディト。農場の牛の世話係の娘エディトは、アストリッドに本を読んで、お話の世界へ誘ってくれました。

この時初めて、アストリッドは、お話のすばらしさに目覚めたのです。エディトは、王さまと王子さまと牧童のお話も読んでくれました。
　ああなんと、おそろしい巨人バム-バムは、ぞっとするような洞窟の城に住み、七頭の残忍なクマを引き連れて、捕まえた子どもを奴隷にするのです。けれど、救いの妖精が、七匹の魔法のネコといっしょに、空飛ぶじゅうたんに乗って登場するのは、なんという幸運だったでしょう！　アストリッドはこのわくわくするお話を聞いた時、あまりの幸せにふらふらになってしまいました。
　《この幸せは、わたしの子どもの魂を、いまだに揺りうごかしつづけています。》と、アストリッドは大人になってから語っています。15

おばけ雌ブタと悪魔の"だんな"

　父親のお話は、どちらかといえば現実的なものでした。おばけ話も、みんなが見たとか、聞いたことで、例えば時々牧師館の並木道に姿を見せる黒衣の女のこととか、エディトの姉のアルマがある夜見た、青いおばけ雌ブタなどでした。また、祖母は"ゆうれいフェルピンの話"などを話してくれました。👤16　祖母は、どの話もほんとうのことだと言っていました。

　アストリッドとスティーナは、牛の世話係の家で、ヴィンメルビー教会の墓地にある遺体安置所のまわりを、夜中の十二時に、十二回まわれば、悪魔の"だんな"が出てくると聞いたのです！　ふたりは、夜の九時に行って、まわってみました。

　《悪魔はぜんぜんあらわれなかったの。》アストリッドは言っていました。《"だんな"はきっと悪魔の時間になるまで、こっそり隠れているんだと思いました。わたしたちが、そんなに遅くこられないからって、例外をつくるわけにはいかなかったのね。》

　エディトの読んだ、巨人バム-バムは、空想の世界があつかわれたお話らしいお話で、アストリッドがそれまでまったく知らなかったものでした。空想の世界では、不思議なことも起こるのです……ふたりがエディトに何度も読んでほしいとせがんだのも、あたりまえでした。エディトは他にもたくさんの本を借りてきてくれたので、魔法使いのポンペリポッサのお話もひょっとしてその中に入っていたのでしょうか？👤17

スグリの下の魔法使い

　たぶん、エディトがお話を読んでくれた後だったのでしょう。グンナルが、スグリの茂みの下に、"ションベン"という名前の小さな妖精か、魔法使いかが住んでいると言いだしたのです。その妖精か魔法使いかは、やさしいおばあさんだとグンナルが言うのを、アストリッドは信じていました。また、グンナルは、ふたりが遊んでいる砂山の砂は、ほんとうは金の砂で、小さな石は宝石なんだと言い、どちらかが、ションベンにちょっと金の砂をあげようと思いつきました。ふたりは、小さなバケツや子どもの荷車で、金の砂や宝石を茂みの下まで、せっせと運んだのです。

　エディトが、学校から帰ってくると、"ションベン"という名前は、ひどすぎると言いました。魔法使いでも、そんなにひどい名前はつけないというのです。かわりに、"シャンペン"と呼ぶことにしましたが、そうすると、もう楽しくなくなりました。

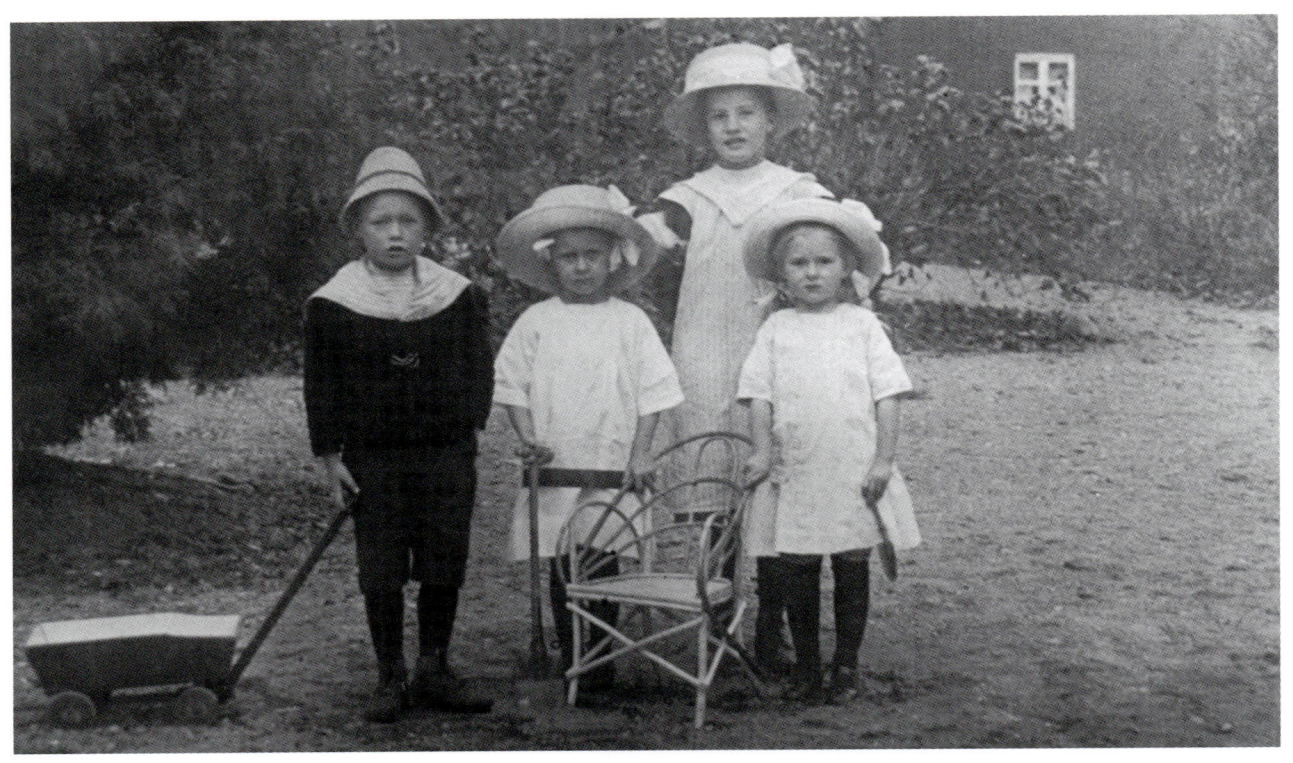

左から、グンナル、アストリッド、エディト、そしてネースの牧師館の孫娘（娘の娘）。

アストリッドの人形、月へ行く

　アストリッドは、たくさんのおもちゃは買ってもらえませんでした。あるクリスマスに、いい匂いのするピンクのおじさん人形をもらいました。石鹸なのですが、使うにはもったいないほどすてきでした。ちょっと持たせてもらったスティーナは、どうしても爪で引っかきたくなってしまったのです。アストリッドは悲しみました。「その時に、わたしをぶたなかったなんてね。」と、スティーナは述懐していました。でも、ちょっと水でぬらすと、おじさん石鹸はまたきれいになりました。

　お母さんは、時々クリスマスに小さな布の人形を作ってくれました。セルロイド（初期のプラスチックの材料）の顔のついた人形で、服も縫ってくれました。

　ほかにも、アストリッドは、おばあちゃんに買ってもらった本物の人形を持っていました。おばあちゃんは、孫たちへのプレゼントには、びっくりするほど甘い時があったのです。なんてきれいな人形だったでしょう！　陶磁器の顔に、金髪で、目も閉じるし、ひだのあるピンクの絹のワンピースを着ていました。イングリッドという名前でした。

　スティーナも、茶色い髪に赤いワンピースの、同じような人形をもらいました。

　その頃アストリッドは、ヴァルボルイ・シェールナという、貧しい小さな女の子を知っていました。ヴァルボルイは、森の中の小さな家に住んでいましたが、肺結核になってしまいました。かわいそうに思ったアストリッドは、人形のイングリッドをあげたのです。病気の重いヴァルボルイは、どんなに喜んだことでしょう。

　「アストリッドらしいや。自分のいちばんすてきな人形をあげるなんて。」と、グンナルは言っていました。

　その女の子は、自分が死んだら、人形といっしょにお墓に入れてと頼んでいたので、亡くなると、あわれなイングリッドはヴァルボルイといっしょに棺に入れられ、お墓に埋葬されました。

　アストリッドは、もうひとつ、ちょっと不運な人形を持っていました。この人形は、アストリッドとグンナルが木片を彫って、目や口を描いたものだったのですが、街の太った助産婦さんの名前から、ヴェンストレムスカンと呼んでいました。

　空の旅といえば、この頃はまだほとんど飛行機なんて見ることはありませんでした。ところが、アストリッドとグンナルは間近で見たことがあったのです！
　牛舎棟の後ろに、飛行機が落ちたのです。最初に事故現場にかけつけたのは、アストリッドとグンナルでした。有名な飛行士のウッレ・ダールベックが、飛行機のそばで、わめいていました。この時のことを、アストリッドはこう語っていました。
　《ダールベックは、牛小屋ではなくて、コペンハーゲンとドイツへ行く途中だったのです。でも、まあ、わたしたちが、ダールベックを見られたのはラッキーだったし、悪たれ口をたたくのを聞いて、なんだかとてもうれしかったものよ。》

　ある時、農場の大きな石に発破をかけることになりました。グンナルは、導火線に火がつけられる直前にヴェンストレムスカンを石の上に放りだせば、人形はすばらしい空の旅ができると、アストリッドを説得したのです。恐ろしい爆破音とともに、人形は宙に飛んでいって、二度ともどってきませんでした。たぶん月に着地したと、グンナルはアストリッドに説明しました。ヴェンストレムスカンが、月へ行った、世界で一番乗りの人形だったなんて！

フクロウの木でのうれしい驚き

　グンナルは最初の"もの発見家"で、アストリッドが二番目です。🔎18　この遊びで、アストリッドは、捨てられた物でも、おもしろく使えることを学んだのです。

　グンナルのすることは、アストリッドにはたいていおもしろかったのですが、弓で射るのと切手集めは、たいくつに思えました。集めた切手を旅行かばんにでも入れて混ぜてから、取りだしては、どこの国の切手かを当てっこするのなら、おもしろかったかもしれませんが、グンナルはそう思わなかったのです。

　アストリッドとグンナルは、よくフクロウの木に登りました。太いセイヨウハルニレの木で、中にフクロウがすんでいたのです。大きな、古いフクロウの木は、赤い家の隣の、ネースの牧師館の前に立っていました。登るのにも最高でしたが、この木にはとくべつわく

くすることがありました。幹の中が、洞になっていて、下までもぐっていけたのです。19

ある日、グンナルは木に登り、フクロウの卵のひとつを取って、代わりにニワトリの卵を置きました。フクロウの卵の中身は吹き飛ばして、卵収集のひとつに加えました。二十一日後、フクロウのお母さんは、ひよこをかえしてくれました。20 グンナルは、フクロウのお母さんが、ニワトリのひよこを嫌うんじゃないかと心配になり、二、三日すると、ひよこを取りだして、台所においたブリキの缶の中で飼いました。ひよこはピヨピヨと鳴いて、子どもたちになついたので、よく缶の外へ出して、いっしょに遊びました。やがて、ひよこは、いつも缶の外へ出たがるようになったので、ニワトリ小屋へと移されました。21

お母さんのハンナが養鶏業を始めると、グンナルは"ネース-グレガルプ・ネズミ養殖場"を始めました。何匹かのあわれなハタネズミを物置の樽の中に入れておくと、ニワトリと同じぐらい繁殖したのですが、ネズミを買いたいと思う人なんているでしょうか？　グンナルはいやになり、かわいそうなハタネズミを逃がしてやりました。22

作品の中では···· 🕯 13 — 22

🕯 **13** ハンナと共に子どもたちが歌ったのは、スウェーデンの民族音楽のメロディーに、リーナ・サンデルが1865年に作詞した、「広い翼をひろげよ」(スウェーデン賛美歌190番)です。

🕯 **14** エディトのお話は、『フローレスタン王子あるいは巨人バムーバムと妖精ヴィリブンダ』という題でした。この本は、アンナ=マリア・ルースによって書かれ、『童話全集』の中の"銀白シリーズ"の付録本として、1908年に出されました。

イロン・ヴィークランド

イロン・ヴィークランド

🕯 **15** アストリッドが『ミオよわたしのミオ』を書いた時には、エディトの読んだお話の雰囲気がどこか、アストリッドの魂の中に残っていたのでしょう。巨人バムーバムと同じように、騎士カトーが子どもを捕まえます。

🕯 **16** アストリッドは、『ゆうれいフェルピンの話』の中で、スモーランドでいちばん怖いゆうれいと語っています。このお話は、ドイツ、デンマーク、ノルウェー、エストニア、フィンランドなどにもルーツのある古い民話です。スウェーデンでは、ヴィンメルビーの近くのルムスキュッラ村の話がもっともよく知られています。

🕯 **17** 『長い鼻のポンペリポッサ』のお話は、アクセル・ヴァレングレン(ファルスタッフ・ファキールとしてのほうがよく知られていますが)によって書かれました。1895年出版の、『クリスマストムテン』の中に入っており、また1906年の『童話全集22番』に、アルベルト・エングストレム(サムエル=アウグストのまたいとこ)のさし絵で出ています。

訪ねてきた者に魔法をかけて動物や物に変えてしまう、ポンペリポッサという悪い魔法使いのお話で、魔法をかけるたびに、自分の鼻が伸びていきます。かけられた魔法を破るのは、世界一大きな悲鳴。魔法が破れると、ポンペリポッサは、石になってしまうのです。

ある時、ピピ王子とフィフィ王女が森の中で迷子になり、ソーセージとハムとタフィーでできた魔法使いの家にやってきました。魔法使いは、ふたりを晩ごはんに食べようと、ガチョウに変えました。するとさらに鼻が伸びた魔法使いは、鼻を湖で冷やそうとしました。その時ザリガニが魔法使いの鼻にがぶっとかぶりついたため、ポンペリポッサは大きな悲鳴をあげてしまったのです。とたんに魔法がとけ、王子と王女は逃げ帰りました。物語は、こう終わっています。

「今でも、その湖に行けば、石になったポンペリポッサを見ることができます。ただ、今はコケや茂みにおおわれていて、小さな岩のようになっていますが……」

大人になって、アストリッドは自分のポンペリポッサのお話を書きました。81ページを見てください。

イングリッド・ヴァン・ニイマン

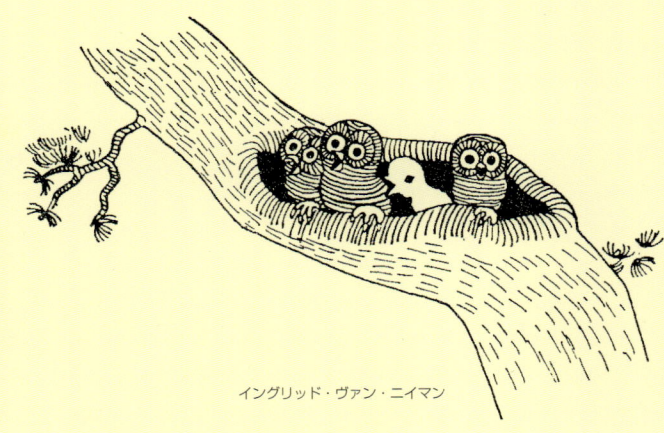

イングリッド・ヴァン・ニイマン

🐝18　グンナルが、最初の"もの発見家"で、アストリッドが二番目だとすると、長くつ下のピッピは、三番目のもの発見家ってことになります。

🐝20　やかまし村のボッセは、グンナルと同じように、フクロウの巣にニワトリの卵を置きました。ボッセはこのひよこの足に赤い毛糸を結びつけて、他のひよこたちと区別できるようにして、ニワトリ小屋に放しました。

🐝21　『セーヴェーズトルプ村のサムエル−アウグストとフルト村のハンナ』の中で、アストリッドは、かえったばかりのひよこを手にのせると、小さなひよこの足がどんな感じなのかをまだはっきりと覚えている、と書いています。今日では、それがどんな感じなのかを知っている子どもは少ないでしょう。

🐝22　やかまし村のラッセはグンナルと同じように、"ネズミ養殖場"を始めました。『やかまし村の子どもたち』の本が出来あがると、アストリッドは、グンナルに一冊進呈しました。そこに、"やかまし村のラッセへ　妹アストリッドより"と、書きました。

イングリッド・ヴァン・ニイマン

🐝19　ピッピのレモネードの木は、本の中ではカシワの木ですが、アストリッドは、現在もネースの牧師館の前に立つ、大きな洞のあるセイヨウハルニレの木のことを考えていました。現在は、あぶないので、洞の上にふたが取りつけられています。「でもね、孫がくれば、レモネードがなるかもしれないの。」と、グンナルの娘のバーブロ・アルヴテーゲンは話しています。

イングリッド・ヴァン・ニイマン

アストリッドの入学

　グンナルは、すでにヴィンメルビーの小学校に通っていました。学校までは、歩いて一キロほどでした。お昼ごはんに家まで帰るのは大変なので、お弁当を持っていきました。読んだり、計算したり、ほかにもたくさんの勉強をしていました。

　アストリッドは、グンナルの新しい知識にちょっと感銘を受けていました。それに、一日の大半をいちばんの遊び友だちなしに過ごすのは、つまらないことでした。

　けれど一年後の1914年8月7日、ようやくアストリッドも学校へ行けることになりました。折りしも第一次世界大戦が勃発したのですが、アストリッドはたぶん気にしていませんでした。スウェーデンは参戦していなかったとはいえ、教会の鐘が鳴らされたでしょうし、両親はきっと新聞で戦争の状況を読んでいたはずです。当時はラジオもテレビもなかったのですから。

　入学の点呼の時は、うれしいことにお母さんといっしょでした。アストリッドはきれいな木綿のワンピースを着て、おさげ髪を輪にして、ちょう形リボンをつけていました。教室では、子どもたちはみんな緊張していて、アストリッドは、お母さんの手をしっかりにぎっていました。

　牧師さんが、子どもたちの名前を呼びあげていきます。呼ばれると、「はい。」と答えて、先生がすわって

1902年、ヴィンメルビーの小学校。
アストリッドの教室は二階の端にありました。
写真は、アストリッドの入学の12年前に撮られたものです。

いる教壇の横に並んでいきます。げんしゅくな雰囲気で、恐ろしいものでした。何人もの生徒がしくしくと泣きだすし、双子の男の子たちは、泣いて、おもらしをするほどでした。

「アストリッド-アンナ-エミリア・エリクソン。」と、牧師さんが呼びあげるのを聞くと、アストリッドも、どうしても泣けてしまいました。牧師さんが、かわいそうに思って、椅子にすわっていていいと言ってくれたのですが、どっこい、アストリッドは全然すわりたくなかったのです。

その時のことを、こう語っています。
《突然 涙がきえました。わたしは、いじけた気持をはねのけて、ほかの生徒と同じように教壇に立ちたかったのです。ぜったいに、すわりたくなかったのです！ わたしの前には、赤いウールのワンピースを着た、髪の黒っぽい、かわいい女の子が立っていました。わたしは友だちになりたかったので、用心深く、女の子をちょっと指でつついてみました。何度も、何度も。すると、女の子はふりむいて、ちらっととがめるように見たので、わたしは床の下に沈んでしまうかと思ったほどでした。けれど、座席が隣どうしになると、じょじょに仲よくなっていったのです。女の子は、メルタという名前でした。》

子どもをぶつのは、ぜったいにだめ

アストリッドの最初の担任は、古いタイプの先生でした。貧しい家の子どもに対しては、とくに厳しいようでした。アストリッドに対してはやさしかったのですが、それはアストリッドをましな家の子どもだと考えていたからです。アストリッドは先生を好きにはなれませんでした。先生が、化石をいくつかくれて、先史時代の動物が石化したものだと説明してくれても、だめでした。ただ、アストリッドとスティーナは、その石を動物小屋ごっこには使っていました。

学校で、アストリッドは、別のクラスの女の子がだれかのマントのポケットからお金を盗って、お菓子を買い、クラスの子どもたちに配ったという話を聞きました。罰として、その子はみんなの前でお尻を出してぶたれたのです。アストリッドは、このひどい話を決して忘れることができませんでした。🍂23 ネースの子どもたちは大人の言うことを聞くように育てられましたが、ぶたれることはほとんどありませんでした。子どもをぶつのは、この時代にはあたりまえだったのですが。

アストリッドとグンナルは、学校へいっしょに通いました。グンナルが次のように話しています。

《一年すると、アストリッドも学校へくるようになり、帰りはいつもアストリッドが待っていて、いっしょに帰ったもんだよ。わたしが工作なんかで遅くなっても、アストリッドは、一時間でも待っていてくれた。だから、クラスの友だちは、「おまえの"彼女"かい。」と、聞いたもんさ。》

アストリッドはもちろん、自分もお弁当を持っていきました。こんなふうに話しています。

《お昼休みになると、ミルクを飲んで、焼いたベーコンをはさんだ、ライ麦パンのサンドイッチを食べたの。それは、わたしの知るかぎりでは、いちばんおいしいものよ。いまだにそうだと、自信を持って言えるわ。》

みんながみんな、おいしいお弁当を持ってきてはいませんでした。冷たいジャガイモだけの子どもも何人かいました。🍂24 戦争のせいで、食糧不足になってきましたが、農場の子どもたちにはまだおいしい食べ物がありました。

三年生になると、新しい先生にかわりました。若くてやさしい先生で、お菓子やケーキも売っているヴィンメルビーの町の喫茶店の上に住んでいました。子どもたちは、放課後よく遊びに行きました。🍂25

《先生はなんと、わたしたちを窓から屋根の上に出してくれたの。そんなことは、ぜったいに忘れないものよ。》と、アストリッドは語っています。

本は魅力いっぱい

　ネースの家には、ほとんど本はありませんでした。本を読むのは時間のむだだと考えられていたのです。それに、母方のおばあちゃんは、楽しみのために本を読むのはまったくバチ当たりだと思っていました。
　アストリッドも学校へ行くまでは、自分の本を一冊も持っていませんでした。学校へ行くようになって初めて、クリスマスプレゼントとして、"楽しい本"がもらえるようになったのです。クリスマス前になると、先生が、その年のクリスマス新聞や、クリスマスの本の表紙の載ったカタログを見せてくれます。ジョン・バウエルの神秘的なさし絵のついた『トムテンとトロールのなかで』とか、あるいは『金の城』『トリッセ』『テッテリチューレ』だったのでしょうか。
　いよいよアストリッドは、自分で一冊の本を選べるようになったのです。家に帰って、本代を払ってもらえるかを聞くと、たいてい承知してもらえました。先生は本をまとめて注文してくれ、クリスマス休みに入る日に渡してくれました。
　アストリッドが最初に注文したのは、すてきなお話がいくつか入った、クリスマスの本『白雪姫』でした。
　でもアストリッドは、この本をすぐに読ませてはもらえませんでした。本は、クリスマス・イブに配られるプレゼント袋に入れられたのです。お母さんが本をプレゼント用に包むまでに、匂いをかいだり、表紙をながめたりはできたでしょうが。
　でも、配られるクリスマス・イブには、まだ読めません。クリスマス当日、しかも早朝礼拝から帰ってきて初めて、ようやく読めるのです。これ以来、アストリッドは、クリスマスの日が大好きになりました。

肥料槽は、"かがやく湖水"

《わたしはおそろしいほど本に飢えていたので、本に出会った時に読み死にしなかったのは、不思議なくらいでした。》と、アストリッドは言っています。アストリッドは、友だちや学校の図書館から本を借りて、ほとんど全部読みました。本に夢中になっているのは、なによりもすばらしいことでした。『トム・ソーヤー』『宝島』『ジャングル・ブック』『ガリバー旅行記』『ロビンソン・クルーソー』『あしながおじさん』『千夜一夜物語』『ニルスのふしぎな旅』など。そして、もちろんジュール・ヴェルヌの本も全部。それから、『小公女』。アストリッドは、少なくとも二十五回は読んだほど、気に入っていました。もちろん、スウェーデン民話の『地下のハット王子』も！《たぶん、ハックルベリー・フィンのいかだで、ミシシッピー川をゆっくりと下るように、読んだ本すべてをいつまでも深く、わたしの記憶にとどめているでしょう。》と、アストリッドは話しています。

グンナルは、新聞の広告を見て、漫画のシリーズを注文しました。『鉄拳をもつ男あるいは勇士たちの王』という本で、六冊のシリーズになっていました。こういった本を通して、グンナルやアストリッドは、ニューヨークの犯罪社会がどういうものなのかを垣間

すぐ上の『ノラの勝利』は、アストリッドとスティーナが、アン-マリー・インゲストレムへ贈ったもの。『小さな、おてんば娘』『ボブ母さん』も、アン-マリーの本。

見ていたのです。それに、一クローナで買えるインディアンの話もたくさん読みました。アストリッドに読めない本は一冊もなかったし、どの本もすごく気に入っていました。

　アストリッドは、ある夏じゅう夕方になると、友だちと『赤毛のアン』ごっこをして遊んだことがありました。アストリッドは、ダイアナ・バーリーで、牛舎棟の後ろの肥料槽は、"かがやく湖水"だったのです。

📖26

　スティーナは、アストリッドにいつも『インガとマーヤ』のお話をせがみました。アストリッドはどんなお話でも考えつくのでしたが、問題はインガとマーヤが、必ずお菓子やキャラメルをどっさりもらうところで終わらなくてはならないことでした。少し大きくなると、スティーナも自分でお話をするようになりました。兄姉たちへのクリスマス・プレゼントに、十のお話をあげたり、自分が何か禁じられていることをした時などに、口封じにお話を使ったりしていました。

　子守りよりも、ほんとうは本が読みたかったのですが、アストリッドは、何度もインゲエードの子守りを頼まれました。インゲエードは、本を読んであげるには小さすぎたので、アストリッドは"ママの小さなニッコン"に、本を歌ってあげることにしました。「ひとりぼっちの母さんが、森の中で、泣いていました、トラララララ……」と、アストリッドは歌ったのです。

アストリッドが読んだ本

不思議な魔法の紙

　ある日、グンナルが寝室の机で、紙とクレヨンを前にしてすわっていました。紙は、鉄道からの出荷通知書でしたが、裏は白いので、描けるのです。
　「何を描こうか？」グンナルがきくと、
　「サリコン。」アストリッドが言いました。
　すると、グンナルは紙に格子を描いて、いろんな色を塗り、それぞれの格子の中に、サリコン、サリコンと書いていったのです。
　たちまち、アストリッドとグンナルには、"サリコン"は、神秘的で謎めいた、不思議な魔法の紙だという気がしてきました。それからはたびたび、グンナルの机の引き出しにしまってあるサリコンを取りだして遊びました。
　そんなふうに、アストリッドは話したのですが、グンナルは、サリコンという言葉を最初に言ったのは、自分だったと書いています。ほんとうはどうだったのでしょうか。ネースには、ふたりの作った古いサリコンが残っていますが、どのように遊ぶのか、今ではわかりません。27

グンナルとアストリッドのサリコン

農道の柵と干し草便り

　当時は、草を食む牛や馬が遠くへ行かないように、農道には出入りの柵がついていました。馬で荷車を引く御者は、柵に出くわすと止まって、御者台から降りて柵を開けなくてはなりません。そして、ふたたび乗って中に入ると、すぐまた降りて柵を閉めて、また乗らなくてはならなかったのです。家畜のために、出入りの柵を必ず閉めるというのは、みんなが守っている決まりでした。
　すばらしい決まりだと、子どもたちは思っていました。出入り口近くで待っていて、荷車がくると、飛んでいって柵を開け、また閉めると、たいてい"開け賃"

がもらえたからです。とくに柵がいくつも続いていると、ちょっとしたお金になるのでした。
　アストリッドとグンナルは、荷車を待つのをもっとおもしろくしようと、いいことを思いついたのです。アストリッドは、話してくれました。
《むこうの柵にはグンナル、こちらの柵にはわたし。それぞれ柵の上にすわったまま、おたがいに干し草便(ほ)(くさだよ)りを送り合ったの。わたしたちは、手紙を書いて、書いて、柵を行き来する荷車の干し草の中につっこんだのね。食べ物持参だったので、一日じゅうでも、やってられたってわけ。》

アストリッドが子どもの頃の牧師館の並木道。

マディケン――世界一の友だち

　アストリッドが七歳の時、ある日、牧師館の並木道で同じくらいの年の女の子と出会いました。並木道は、ネースからヴィンメルビーの町まで続いています。

　「どこ行くの？」アストリッドが聞きました。

　「家に、決まってるでしょ。」女の子は、ずいぶん気取って答えました。

　ちょうど牧師館の敷地が終わり、ヴィンメルビーの町へさしかかるところに、"邸宅"と呼ばれる大きな白い石造りの家が建っていました。つまり、"邸宅"は、ネースにとっては、もっとも近くのお隣さんでした。銀行の頭取インゲストレム氏がつい最近、妻と娘といっしょに引っ越してきたのです。アストリッドが出会ったのは、その娘のアン-マリーでした。 28

　気取った答え方だったのに、あるいはたぶん気取っていたからでしょう、アストリッドは、アン-マリーの家についていきました。まもなくふたりは大の仲よしになり、ネースやマディケン（アン-マリーはこう呼ばれていたのです）の家で、毎日遊ぶようになりました。マディケンは、何でもやろうとする勇気があり、恐れを知らず、強くて、アストリッドにけんかのしかたを教えてくれました。アストリッドと同じように、木や屋根の上など、高いところに登るのが好きでした。 29　マディケンがいちばん強いとすると、アストリッドはもっとも敏捷で、思いつきにかけては抜群でした。ふたりは、よくインディアンごっこもしました。その時、マディケンは「強い腕っぷし」になり、アストリッドは「すばしこい鹿」。そして、スティーナはいっしょに遊んでもらえれば、「ずるがしこいキツネ」でした。 30

38

自分の部屋でのマディケン。ひざの上に人形のレサベットをのせて。後ろの椅子にはダックスフントがいます。

マディケン、本名は、アン-マリー・インゲストレム。アストリッドの親友でした。こんなにかわいかったのです。

鍵がかかっていたら、呼び鈴を押して

　マディケンは自分の部屋を持っていました。そこには小さな小さな家具のついた人形の家があったのですが、アストリッドは、こんなにすてきなものを見たことがありませんでした。人形の家のドアのそばに張り紙があり、「ドアに鍵がかかっていたら、呼び鈴を押してください。」と、書いてありました。田舎に住むアストリッドは、呼び鈴のついたドアを見たことがなかったので、不思議な気がしました。

　人形の家の前には、小さなかわいい動物が並べてあり、本物みたいな色で、どっしり重く、ブロンズ（青銅）を鋳造した物でした。とくにすばらしかったのは、二匹の小さな犬が入っているかばんでした。

　マディケンの部屋では、難破船ごっこをして、ネースの寝室でするように家具の上に乗って、部屋をまわりました。その時はマディケンが船長で、アストリッドは航海士、スティーナはおぼれる水夫で、助けてもらう役でした。"邸宅"には屋根裏部屋があり、梁やいくつもの大きなトランクの間を、登ったり、走ったりして遊びました。

　マディケンのお母さんも、かなり荒っぽい遊びを許してくれました。ちょうどアストリッドのお母さんのように、小さなことで怒ったりしない、この時代にはめずらしい母親だったのです。"邸宅"には、やさしいナンシーもいっしょに住んでいましたが、家事使用人と呼ばれていて、女中さんではありませんでした。

マディケンのすてきなブロンズの動物。人形の家の前に並んでいました。

マディケンのお母さんの姉妹が、ヴィンメルビーの町中で喫茶店をやっていて、お菓子やケーキも売っていました。マディケンやアストリッドは、よくそこへ行ってパンやお菓子をもらいました。31　アストリッドの先生がこの喫茶店の上に住んでいたので、たずねていったのです。

　マディケンは反応が早く、機知に富んでいたので、アストリッドはいつも感心していました。残念ながらマディケンは一学年上だったので、同じクラスにはなれませんでした。

　アストリッドとマディケンは、生涯を通じて仲よしでいようと、義姉妹の約束をしていました。"絶対にうそをつかない、絶対に裏切らない、絶対にだまさない"と、誓いあっていたのです。

学校の帽子姿のマディケン

作品の中では･･･ 🐦23-31

イロン・ヴィークランド

マリット・テルンクヴィスト

🐦23 アストリッドはこの女の子のことを『川のほとりのおもしろ荘』の第4章「ミイア」の中で書いています。マディケンのクラスのみんなの前で、ミイアがムチでぶたれる場面です。

スウェーデンでは、1958年になって初めて、学校の先生が生徒をぶつことが禁止されました。1979年には、両親の子どもへの暴力禁止の法律もできました。

1978年、アストリッド・リンドグレーンは、ドイツ書店協会平和賞を受賞した時、「暴力は絶対にだめ」という題で、スピーチをしました。

スピーチの中で、アストリッドは、「ムチ打ちをおこたれば、子どもをだめにする」と、まだ信じられていた時代に、ある老女が話してくれたことを紹介しました。

《ある時、彼女は、何か悪いことをした幼いわが子にムチ打ちをしなくてはと、生まれて初めて考えたのです。彼女は、自分の息子に、外でシラカバの小枝をさがしてくるように言いつけました。幼い息子は、長い間さがしても見つけられず、泣きながら帰ってくると、「小枝は見つけられなかった。でも、この石を持ってきたから、これでぼくをぶてるよ。」と言ったのです。すると、彼女は、子どもの目を見て突然すべてがわかり、泣きだしてしまいました。息子は、きっと母親が自分を痛い目にあわせたいのだとわかっていたから、石でも小枝でも同じだと思ったのでしょう。

母親は、息子を抱きしめ、しばらくふたりで泣きました。それから彼女は、その石を台所の棚の上に置いたのです。その石は、"暴力は絶対にだめ！"という誓いを永遠に忘れないために、ずっとそこに置かれていました。》
（全スピーチは、『鳩の女王』(1987年、ラベーン＆ショーグレン社刊)に収録）

🐦24 アストリッドのクラスの貧しい友だちは、お弁当にいくつかの冷たいジャガイモを持ってくるだけでした。『赤い鳥の国へ』の中でアストリッドは、貧しいマティアスとアンナがどんなに自分たちのお弁当を恥ずかしがっていたかを書いています。

🐦25 アストリッドの新しい先生は、やかまし村の先生

イロン・ヴィークランド

のようにやさしくて、子どもたちはよく先生の家へ遊びに行きました。

🧑 26　アストリッドが読んだ本は、ほとんどが古典的な作品で、今でも図書館で借りられます。

🧑 27　サリコンという言葉を、アストリッドは、『親指こぞうニルス・カールソン』の中の短編、「だいすきなおねえさま」で、バラのしげみの名前に使っています（42ページの下の絵）。この作品は、『サリコンのバラ』（1967年）にも収録されています。

🧑 28　『おもしろ荘の子どもたち』『川のほとりのおもしろ荘』の中で、マディケンのお父さんは、小さな町の新聞社の編集者ですが、実際は銀行の頭取でした。作中のマディケンも、人形の家や人形などすてきなおもちゃを持っていました。

　"邸宅"は、今でも切妻を牧師館の並木道（牧師館通り）にむけて建っていますが、現在は赤く塗りかえられています。今日では、ネースと"邸宅"との間に家がなかったとは想像できないほどになっています。

🧑 29　『おもしろ荘の子どもたち』のマディケンは、外見は実際のマディケンの影響をうけていますが、性格は、ほとんど子どもの頃のアストリッドのようです。

　作中のマディケンが、屋根からとびおりて、脳しんとうをおこした場面は、危ないことをやってしまうアストリッドを思い出させます。アストリッドと仲間数人は、ヴィンメルビーの古い薬局のいちばん上の窓から火災避難ロープを試してみようということになり、アストリッドが下りることになったのです。ところが、仲間が、二階の高さで、持っていた避難ロープを放してしまったため、アストリッドは道路へ落ちてしまいました。

　《「けがしたの？」と、友だちの叫ぶ声が、上のほうからかすかに聞こえていたわ。「決まってるでしょう。血がでてるじゃない。」どこかのおばあさんが、わたしの上に身をかがめてどなっていました。わたしは、血を流しながら、薬局へと運びこまれたの。》と、アストリッドは話していました。

🧑 30　アストリッドは、本の中で、マディケンの妹のことを書くのに、自分の妹スティーナを想定していました。実際のマディケンの妹のエヴァは、まだ生まれていませんでした（エヴァは十二歳年下でした）。スティーナは、楽しい、想像力豊かな女の子で、ほかの兄妹と同じように、大人になって物書きになりました。「変わった子どもたちを持ったものだ。」父サムエル-アウグストは言っていました。「みんな、言葉に関する仕事をしてるとは！　ひとつの家族だけにかたまっているのは、どうしてなんだ？」

イロン・ヴィークランド

イロン・ヴィークランド

🧑 31　アストリッドとマディケンは、『名探偵カッレくん』シリーズで、エヴァ-ロッタがお父さんのパン屋さんからもらうのと同じくらい、丸パンやケーキをもらいました。

　アストリッドとマディケンは約束を守り、一生を通じて親友でした。マディケンは、リンシェーピンで大学受験資格を取り、その後ウプサラ大学で学びました。大学で、ステッラン・フリースと出会い、結婚し、後に、ストックホルムに移りました。アストリッドとは、マディケンが1991年に亡くなるまで、親しくしていました。

スモーランドで
いちばん長い牛舎棟

　牧師館の並木道をはさんで、牛舎棟があったのですが、サムエル-アウグストは何度も建て増したので、全長百六メートルにもなっていました。ここで馬、雌牛、子牛、雄牛、羊などを飼い、荷車置き場や、馬具小屋、農機具小屋などにもしていました。牛舎棟の後ろには、肥料槽がありました。また、氷室もあり、冬から夏にかけて、おがくずの中に氷を埋めていました。少し離れたところに、鍛冶場や製材所もあり、板やおがくずの大きな山がありました。

ミルク車を引く牛と、手綱を持つサムエル-アウグスト。隣にすわっているのは、牧師の息子で、学生帽（大学入学資格を表わす）をかぶっています。後ろに立っているのは、山高帽をかぶるペトルス・ラーションで、農場で働いていました。

ネースの航空写真。後ろに肥料槽のある、長い長い牛舎棟。牧師館の並木道をはさんで、アストリッドが13歳の時に建てられた黄色い家があります。それまでは、左後方に建つ赤い家に住んでいました。

サッカーに熱中するアストリッド

　牛舎棟のあたりは、子どもたちが遊ぶにはもってこいでした。グンナルとアストリッドは時々、牛舎棟のまん中あたりの馬小屋を要塞に見立て、けんめいに守りあって、遊びました。

　馬小屋の前の広場は、子どもたちのサッカー場。とくべつ大きくはなく、十メートル四方ぐらいでした。グンナルはチームのキャプテンで、センターの攻撃選手でした。こんなふうに話していました。

　《アストリッドは、細くて、青白いのに、おそろしいエネルギーで、ライトインナー(二列目右側の攻撃選手)として戦ったよ。まるで機関車のように前へ進むんだ。確かにほっそりした機関車だが、猛烈な目つきで二本のおさげをなびかせていたよ。最高のライトインナーだった。と言っても、それからサッカーをしていないから、えらそうには言えんが。》

　マディケンも、また、サッカーに熱中していました。我慢強い、恐れを知らないレフトウイング(左側の攻撃選手)で、学校チームのただひとりの女子メンバーでした。

干し草の山にとびおりて

　牛舎棟の干し草小屋には、ふかふかの干し草が山のように積んであり、とびこんだり、小屋を作ったりできました。🎧32　みんなで高いところから干し草の山にとびおりている時、アストリッドは大きなレーキで小指を切ってしまいました。血が流れでる大きな傷だったので、診療所で、麻酔をかけて縫い合わせてもらいました。

　またアストリッドの中指も、かわいそうな目にあっています。家の台所にバターなどを作るための分離器があり、しぼりたてのミルクを入れて、ハンドルを回すと、ミルクからクリームがとれるのです。分離器について、アストリッドはこんなふうに話しています。

　《……覚えているわ。もしもわたしの中指を、その分離器のくるくる回っているところにつっこんだらどうなるのか知りたくなって……。ちょっと痛いかなとは思ったんだけれど、ほんとうにそうか、やってみたかったの。そして、まあ、そうなったわけ。》

ネースでは、1万個ほどの石が掘りおこされました。

まっすぐになったマナッセのしっぽ

　敷地のはずれには、石垣で囲まれた畑や、野原や、牧場がありました。農場の人たちは、何代にもわたって、石を土の中から掘りだして石垣にしてきました。サムエル-アウグストも、一万個の石を掘りおこしていました。スモーランドは、スウェーデンの中でも、石の多い土地のひとつなのです。

　ネースの家畜たちは、もちろん一日じゅう牧場へ出て、草を食んでいましたが、冬のいちばん寒い時期だけは、どうしても小屋の中に入らなくてはなりませんでした。雌牛では、クローカ、レッラ、ドッカ、モナ-リザなどがいました。雄牛は、グンナル閣下と、たぶんアダム-エンゲルブレクトがいました。ネースでは、みんな家畜に対してやさしく、とてもよく世話をしました。子どもたちも動物が大好きでした。 33

　ある時、ネースの雌ブタがたくさんの子ブタを産んだので、乳首の数が足りなくなりました。スティーナは、子ブタを一匹、哺乳瓶に牛のミルクを入れて、育てるように言われたのです。二十四時間、四時間ごとにミルクをあげなくてはなりません。スティーナは、夜中もがんばりました。この子ブタは、まもなくスティーナを母親だと思うようになり、スティーナの後をどこへでも付いていきました。スティーナは、自分の子ブタにマナッセという名前を授け、大の仲よしになりました。 34

　ある日、マナッセの元気がなくなり、食欲もなく、しっぽまでだらりとのびてしまいました。スティーナは心配になって、作男のおかみさんのジョセフィーナに相談しました。すると、動物はただでもらってはいけないとわかりました。どんなにわずかでもいいから、お金を払わなくてはならないのです。そこで、スティーナは父親のところへ行って、五オーレ払いました。四本の脚に、一オーレずつ、そしてしっぽにも一オーレ払ったのです。すると次の朝、マナッセは、生き生きと、元気になっていました。

　マナッセは大きくなり、ほかの大きなブタと同じようにえさ桶から食べられるようになりました。「そこでマナッセとは、お別れだったの。」と、スティーナが語っていました。 35

スティーナの子ブタの古い写真

おがくずのなぞ

　製材所のそばに、おがくずの山がありました。グンナルやほかの男の子たちはおがくずの山に大きな穴を掘り、その前に溝もつけたのです。穴の上全面に板を何枚もわたし、その上におがくずを大量にかぶせました。そして、男の子たちは、秘密のほら穴に、目につきにくい入り口をつけ、わき道や小さなほら穴もたくさん掘りました。

　アストリッドは、いっしょには遊ばせてもらえませんでした。ところがある日、ほら穴の通路仕組図を見つけ、まもなくほら穴も見つけたのです。きっと、「ピルッタ。ピルッタ。」と、言ったことでしょう。🎧36　この言葉は、「はっはっ！　ざまあみろだわ！」というような意味です。これでアストリッドもいっしょに遊べるようになり、新しく自分用のほら穴も作りました。ほら穴の中は、あたたかく、居心地がよく、秘密っぽくて、すてきでした。🎧37

グンナルたちが穴の上全面にわたすのに使った板は、お父さんがすでに売る約束をしていたものでした。買った人とお父さんは板を取りにきて、半分にまで減っていたので、びっくりしました。お父さんは、お金を半分返すはめになりました。

　夏になると、ヴィンメルビーにはサーカスがやってきます。サーカスの円形馬場に使うおがくずは、無料入場券と交換するのがほとんど恒例になっていて、アストリッドはよくサーカスに行きました。🎵38　けれども、子どもたちがほら穴を作った年、サーカスの人たちがおがくずを取りにくると、おがくずの山は、スイスのチーズのように、穴あきになっていたのです。お父さんはただ笑っていました。ようやく、板がどこに消えたのかがわかったからです。すてきなほら穴がなくなったので、アストリッドとグンナルは笑いませんでしたが、サーカスに行くのは、もちろんとても楽しみでした。

きれいなワンピースなのに、うれいをふくんだアストリッド。おがくずのほら穴がつぶされたからではないでしょうが……。

ヴィンメルビーの市

　毎月最後の水曜日に開かれるヴィンメルビーの市も、楽しみのひとつでした。年に三回は、とくべつ大きな市になり、馬からキャラメルまで、何でも売られるのです。また、旅回りの遊園地や移動動物園もやってきました。アストリッドは一度、生きたニシキヘビのボアを見たことがありましたが、持ち主は、ボアが七十歳で、四メートルの長さだと言っていました。

　市の立つ場所はマディケンの家のすぐそばで、ネースからも近く、売られたり買われたりする牛の鳴き声や馬のいななきが聞こえてきました。馬を買おうとする人は、たいてい牧師館の並木道で、土ぼこりをあげて、試し乗りをするのですが、ネースの牛舎棟の前の広場で向きを変えていました。

ヴィンメルビーはすでに中世から、牛の市場として有名でした。家畜の集散場所は、マディケンの家のそばでした。

映画の好きなアストリッド

　ヴィンメルビーでは、ほかにも楽しいことがありました。映画です。アストリッドは映画が大好きでした。最初の映画館"ヴィクトリア"は、アストリッドが九歳の時に閉館になりました。運のいいことに、ヴィクトリアの映写技師ヴィッレ・ヴェンストレムが新しい映画館をオープンさせ、"スター"と名前をつけました。そこで、アストリッドは、チャップリンの映画やニュース映画などを見ることができました。映画館は、禁酒協会の建物の中にありました。

　まもなく別の禁酒協会の建物でも、"ナショナル"という映画館がオープンしました。アストリッドは、わくわくしながら「三銃士」を見たり、チャップリンの短編映画で、笑いつづけたのでしょうか？　あるいは、アストリッドは、ジュール・ヴェルヌの本を読んでいたので、たぶん「八十日間世界一周」も、観ていたかもしれません。映画に行くために、アストリッドはできるだけ節約していました。

ネースには、ほとんどなんでもありました

　赤い家からすこし離れて、木工小屋と食料品小屋がありました。🐝39　また、洗濯小屋もあり、シーツや服の洗濯をしました。それから、ここでみんな、土曜日ごとに、大きな丸い洗濯用の桶で体をきれいに洗い、湯冷めしないように大急ぎで家まで走って、暖炉の前にすわったのです。

　必要な物のほとんどは、ネースで栽培し、生産しました。肉、ミルク、バター、チーズ、卵などは、家畜から手に入りましたし、畑の穀物から小麦粉やライ麦粉などができました。母のハンナとお手伝いさんたちは、よく台所の大きな薪オーブンでたくさんのパンを焼きました。

　ジャガイモ、カブ、そのほかいろいろな野菜を畑で育て、地下の物置で、冬までたくさん保存しておきました。庭でとれた果物やベリーなどでジャムやジュースを作って蓄えましたし、リンゴも、冬まで取っておける種類がありました。

牧師館の庭には、アストラカンリンゴの木がありました。子どもたちは、落ちたリンゴを拾ってもいいという許可をもらっていました。アストリッドは、まだほかの人がだれも行かない早朝に行くようにしていましたが、この熟れたアストラカンリンゴは最高だと思っていました。うれしいのは、落ちたアストラカンリンゴは保存できないので、すぐに食べなくてはならないことでした。 40
　マットレスには、馬のたてがみやしっぽの毛が使われましたし、毛皮や毛糸は、羊から取れました。ハンナは、糸を紡いだり、布を織ったり、毛糸を編んだりしました。 41　木綿の生地を買って、シャツやワンピースも縫いました。衣服がすりきれると、ハンナは、それを細いひも状に切り、裂き織りマットを織ったのです。こうすると、マットの中には、思い出の服がいっぱい織りこまれるのでした。
　そう、買わなくてはならない物は少しだけでした。コーヒー、塩、砂糖、石鹸、灯油など。そして、もちろん本も。

作品の中では・・・　🐞32－41

イロン・ヴィークランド

🐞32　今日では、マディケンとリサベットが乗ったような干し草の荷車は、ほとんどなくなりました。干し草の山にとびおりたり、小屋を作ったりすることもめったにできません。今は農家の人たちは、干し草を大きな固いプラスチックの梱包にしています。ちょっぴり、がっかりです。子どものことを忘れているのでしょうか。

ビヨルン・ベリイ

🐞33　大人になってからアストリッドは、農場の家畜にはネースでやっていたようにやさしく接するべきだと主張し、闘いました。牛は、夏には戸外に出して、草を食ませるべきなのです。ブタにとってもかわいそうなことに、農場が動物工場のようになってきました。殺す方法も苦痛をともなうものになってきましたし、メンドリたちもせまいケージの中に入れられて、ひどい状態です。

こういうことについて、アストリッドは獣医のクリスティーナ・フォーシュルンドと共に何度も新聞に寄稿し、その記事をもとに、『わたしの牛は楽しく暮らしたい』（1990年）という本を作りました。

アストリッドが八十歳のお誕生日を迎えた時、イングヴァル・カールソン首相は、誕生日プレゼントとして、ある法案を贈りました。その法案は、すべての牛は夏は戸外に出る権利があることなど、家畜にとっていいことが盛りこまれていましたが、残念ながら、国会で法案のすべては通らず、一部分だけになりました。

「ひどいこと。」と、アストリッドは、インタビューで答えていました。現在では、動物のための法案が通るのは、もっとむずかしくなってきています。法案は、EU（ヨーロッパ連合）全体で決めなくてはならないからです。

🐞34　エーミルと子ブタのブーちゃんのことは、みなさ

ビヨルン・ベリイ

んも覚えているでしょう。マナッセのことが元になっていたのです。エーミルのモデルはお父さんのサメラウグストで、子どもの時、エーミルのようにいろんなことを思いつき、いたずら好きでした。サメラウグストは大人になって、エーミルと同じように町議会の重要な役職につき、りっぱな仕事を残しました。お父さんは、アストリッドの作品の中ではエーミルの本がいちばん好きでした。アストリッドは本を出す前に、声に出して読んでお父さんに聞いてもらっていました。「いいや、その頃、ミルクの値段はそんなに高くなかったよ。」などとお父さんが言うと、アストリッドは参考にしました。

イロン・ヴィークランド

🐞35　スティーナは、2001年、ネースのボア小屋出版から、マナッセのことを書いた『昔々ある農場で』を出版しました。たぶんアストリッドは『赤い目のドラゴン』を書いた時、マナッセのことが頭にあったでしょう。

54

イロン・ヴィークランド

ビヨルン・ベリイ

🎙36 「ピルッタ(ざまあみろだ)！」は、マディケンもよく言っていました。

イングリッド・ヴァン・ニイマン

🎙37 『やかまし村の子どもたち』の男の子たちも、ひみつのほら穴を掘って、地図を作り、女の子たちに見つかってしまいます。

🎙38 『長くつ下のピッピ』『こんにちは、長くつ下のピッピ』に、ピッピがサーカスで綱わたりをする場面がありますね。

🎙39 木工小屋や、食料品小屋はもちろん、エーミルの本の中に書かれています。でも、ネースの木工小屋がお仕置きに使われたなんて、聞いたことがありません。

🎙40 リンゴは、いろいろに使われています。『ミオよわたしのミオ』で、最初にブー・ヴィルヘルム・ウルソンがもらったのは、"金のリンゴ"でした。このリンゴで、一気に空想にみちた物語の中へ入っていきます。

🎙41 ネースでは、織物もパンも自分たちで作りました。『ミオよわたしのミオ』では、ミリマニのお母さんが、"隠れマント"を織っています。そしてノンノのおばあさんは、"ひもじさをしずめるパン"を焼いています。

イングリッド・ヴァン・ニイマン

まるで、ピッピのごたごた荘

　アストリッドが十三歳になると、赤い家では手狭になってきました。そこで、牧師館の並木道側に、ベランダ付きの玄関のある黄色い家が建てられました。
🎵42　この家は、赤い家と牧師館との間にあり、エリクソン家の家族はそこへひっこしました。赤い家は、農場で働く家族用に、それぞれ台所のついた住居に改築されました。

　この年、アストリッドはちょうど小学校を終え、中

等学校へと進みました。マディケンがアストリッドに、高等小学校ではなく中等学校に来るように、紙人形を賄賂に使って誘ったのです。中等学校はマディケンの家の近くにあり、正面玄関には「神を敬い、規則を守り、勤勉に」と書かれていました。

　アストリッドは、中等学校が好きでした（日曜学校より、はるかに）。テングストレム先生はアストリッドの作文をほめ、よく級友の前で読みあげました。十三歳の時には、おそらく先生の推薦があったのでしょうが、アストリッドの文章が「ヴィンメルビー新聞」に掲載されました。クラスの友だちが、"ヴィンメルビーのセルマ・ラーゲルレーブ"と言って、はやしてると、アストリッドは、ぜったいに作家にはならない、と言ったものです。ところがそれ以前、作家のアダ・リイドストレムがネースを訪ねた時、アストリッドはまだ十歳でしたが、作家になるにはどうすればいいのかを尋ねていたことがありました。

　もっと小さい頃、アストリッドは詩を書いたことがありました。かなり悲しげな詩でした。が、その後、詩はもう十分だと思いました。その詩がこれです。

　　外では、夏の風が吹いている。
　　だけど、もう喜びはない。あこがれが、
　　わたしの美しい菩提樹をさわさわ鳴らす。
　　あこがれ、そしてほかには何もない。

　けれどとにかく、書くことはほんとうに楽しかったのです。十六歳になると、アストリッドは、「ヴィンメルビー新聞」で働きはじめ、死亡欄、火事のニュース、鉄道開通の記事などを書いていました。もちろん校正の仕事（ゲラ刷りを原稿と引き合わせて、文字の誤りや不備を調べ正すこと）もしました。

アストリッドの中等学校の教室で。教壇にすわっているのが、テングストレム先生。
アストリッドは、右の端で手を上げています。

左から、お手伝いさんのひざにのるスティーナとアストリッド。お手伝いさんたちは、子どもたちにとてもやさしかったのです。ほかの人は残念ながら、名前は不明。

アストリッドのまわりの大人たち

　楽しい子ども時代を通じて、アストリッドには、気にかけてくれる人たちがおおぜいいました。たくさんの遊び仲間も。親戚も多く、パーティーでは、十九人のいとこたちと遊びました。そしてネースには、たくさんの大人がいました。働いている人たちや、両親、祖父母はみんな、子どもたちに関心を持ち、よく世話をやき、お話をしてくれました。おじいちゃんは、しょっちゅう杖で拍子を取りながら、古いおまじないの言葉を聞かせてくれました。「チュッチュッチュ、きのうもきょうも、ヒツジがいっぱい、柵はあんなに高いから」と。

アストリッドの父方の祖父サムエルと祖母イーダ。ぞっとするようなお話を聞かせてくれました。

「高い」というところで、おじいちゃんは、杖を振りあげて、柵がどんなに高いかを見せるのです。柵が高いので、羊は逃げないし、オオカミに捕まることもないのです。🎧 43

　お手伝いさんや農場で働く男たちは、たいてい子ども好きで、陽気に子どもたちに声をかけたり、また若い人どうしでは、恋のさぐりあいもありました。

　アストリッドには、ヴィンメルビーの町中にも親しい人がいました。例えば、"皿の上のカールソン"と呼ばれている靴屋さんへ行くのは、とても楽しみでした。🎧 44　仕事場の壁に、二枚のすてきな色刷りの絵がかけてあったのです。一枚は、聖書からのお話で、クジラのおなかに飲みこまれたヨナ（旧約聖書「ヨナ書」）が描かれていて、もう一枚は、アストリッドが、ヴィンメルビーの市で見たような、大ヘビにからまれて死にそうになっている男の絵でした。

　町中の小さな家に住んでいて、ネースへよく手伝いにきてくれるおばあさんたちもいました。リリエルムのイーダとヴェンドラダールのマリは、隣りあわせの小さな家に住んでいました。🎧 45　アストリッドは、時々ふたりの家へ遊びに行きました。イーダは、ワッフルを焼いたり、焼きリンゴを作ったりしてくれました。マリは歌ったり、ギターを弾いたり、魔法のかか

った所とか、おばけがでてくる怖いお話をしてくれました。

　"コーヒーばあさん"と呼んでいる、苦手なおばあさんたちもいました。おばあさんたちはコーヒーを飲みすぎておかしくなったと、アストリッドには思えました。もしもコーヒーばあさんの家の呼び鈴を押したりすれば、たぶん飛んで出てきて、熱湯でもぶっかけたことでしょう。だからこそ、コーヒーばあさんの家の呼び鈴をこっそり鳴らして逃げるのは、格別スリルがあったのです。

　アストリッドの子どもの頃には、放浪者、行商人、包丁砥ぎ師などたくさんの人が、スモーランドをまわっていました。決まったところに住まないで、ずっと歩きまわっている人たちだと、アストリッドは思っていました。そういう人たちばかりではなかったのですが、男たちは、一夜の宿を頼むのでした。そこの家の人に許可をもらって、物置の干し草の上で休むと、帰りぎわには、売り物の爪楊枝などを置いていくのです。

　サムエル-アウグストは、はじめに頼まずに物置に入った放浪者は、放りだすことにしていたのですが、後になってから、逃亡中の強盗殺人犯だとわかった人もありました。

　泊まった次の朝、この人たちは、台所でミルクやサンドイッチをごちそうになります。ある朝など、八人の放浪者が台所にすわっていたことがありました。ハンナは、ちょっとため息をついていましたが、スティーナはささやきました。「お母さん、神さまは、よろこんで与える人が好きなのよ。」

　アストリッドは、こういう放浪者から知らない土地の話を聞くのは、わくわくするので好きでした。🐾 46

何よりも大切なもの

　いちばん心をとらえるものは、自然だと、アストリッドは語っていました。牛や羊が草を食んでいる牧場や草原。木登りのできる木々。水浴びをする川や湖。そして、大きな森。美しい林やブルーベリーの茂み、小さなピンクのリンネソウの花の咲くほんとうに大きな森。こんな森の中を、苔むした岩の後ろにひそむトロールや妖精のことを思いうかべながら歩くのです。
　アストリッドたちは、時々モッス湖までハイキングに出かけ、草木でおおわれたペンペン草小島（ロンメチューバ）へボートで渡りました。グンナルがロビンソン・クルーソーごっこで、瓶の中に手紙を入れて流したのは、この小島でした。手紙には、こう書いたのです。「ここ二日、かぎたばこも火酒もなく、この島のわれわれは、もはや力もつきかけた。」 47

　けれどいちばんすばらしいのは、きっと春でしょう。アストリッドはどの花がどこに咲くのかをちゃんと知っていて、例えばミスミソウを見つけるにはちょっと歩かなくてはなりません。また、野イチゴの白い花は、夏には甘い実を約束してくれるのでした。
　牧師館の裏の小川には、エゾネコノメソウがありました。この花には、スウェーデンでは、"黄金色のおしろい"というきれいな名前がついていて、春の前ぶれの花です。とくべつ目立つ花ではありませんが、芽吹いてくると、アストリッドはうれしくなるのでした。きっと、『"黄金色のおしろい"を見つけた妖精』（アウグスト・ストリンドベリイ作）というお話を読んでいたのでしょう。"黄金色のおしろい"が生えている下には、水脈があるので、きれいな水を得るには、そこに井戸

を掘ればいいのです。「黄色い花を囲む葉にも、まるで金粉がのったように色がついて、よけいに花が目立って見える。」と、"黄金色のおしろい"についてちょっと奇妙な話を書いたアウグスト・ストリンドベリイが述べています。いずれにせよ、"黄金色のおしろい"にはどこか不思議なものがあると、アストリッドは思っていました。

アストリッドとスティーナは、ある時、満開のウワミズザクラの下、"黄金色のおしろい"の咲く小川のそばで、ほとんど一日じゅう、春の歓びにうかれて、ふざけていたことがありました。カエルにキスをすると王子さまになると空想したのに、カエルが見つからず、かわりにミミズで間に合わせたりして遊んだのです。

ほんとうに自然は、とくにヴィンメルビーのあたりは、どこよりもすばらしいと思い、アストリッドは、生涯この自然にひたっていたいと願っていました。

自然や動物について、次のように書いています。

《いまだに、牛牧場で咲いていた野バラの茂みが見えますし、その香りもしてきます。野バラから、初めて美しさとはどんなものかに気づき、このうえなく幸福な気持になったことも覚えています。また夏の夕ぐれ、ライ麦畑でウズラクイナがふいに動く音や、春の夜にフクロウの木でフクロウがホウホウと鳴く声が今でも聞こえます。それに、刺すような寒さや雪の中から、暖かい牛小屋へ入るとどんな感じなのかが、今でもちゃんとわかります。子牛の舌が手のひらにどんな感じなのか、ウサギがどんな匂いなのか、荷車置き場がどんな匂いなのか、ミルク桶に入ったミルクがピチャピチャはねるのがどんな音なのか、卵からかえったばかりのひなを手に乗せると、ちっちゃなひなの足がどんな感じなのかなども想いだすことができます。》

アストリッドの母方の祖父ヨーナス-ペッテルと祖母ロヴィーサ。"やわらかい手をした"祖母は、地区の助産婦として頼られていました。

サクランボの実る頃

　春がきて、何よりきれいで、すばらしいのは、なんといっても五月中旬に咲く桜の花です。アストリッドのスモーランドほどたくさんの桜の木があるところは、ほかには見当たりません。どの庭にも、どの丘にも見渡すかぎり桜の花が咲いているのです。
　そのうえ、どの桜の花を見てもうれしくなるのは、花の後にはおいしいサクランボが実ることです。
　ペラルネフルト村の祖母ロヴィーサの家の庭には、めったにないほどりっぱな桜の木がありました。ペラルネ教会のわき道のそばからも見えるほどで、湖の上に浮かぶように、花咲く丘が見えたのです。
　サクランボが熟すと、アストリッドの一家はサクランボ・パーティーに招待されました。二頭の馬、マイとモードに引かれた馬車に乗って行きました。ネースからペラルネフルトまでは少なくとも二時間はかかるので、みんな自動車に出くわしませんようにと、ひたすら願っていました。というのは、自動車が来ると、マイとモードがくるったようにおびえるからです。お父さんは御者台から降りて、自動車が土ぼこりの中に消えてしまうまで、二頭の馬をじっと抱えてやります。こんなことがなければ、道路が車で埋まっていない"馬の時代"に育つのも、悪くはなかったでしょう。  
　みんながやってくると、家の前に立つ祖母は、感激のあまり泣きながら言うのです。「わたしの子どもたち、そしてわたしの孫たち！」祖母は子どもたちに、湖のほうへ行かないように注意するのですが、子どもたちはたいてい行きました。
　けれど、子どもたちは、まずは木に登って、甘くておいしいサクランボを食べられるだけ食べます。祖母はいつも言いました。「下の枝のサクランボは、小さい子らのために、とらないでおいておくれ！」49
　アストリッド・エリクソンが遊んで遊んだお話は、このサクランボの木の上でおしまいです。アストリッドが子どもの頃に楽しく遊んだ経験は、後になって、生涯を通して大いに役立つことになりました。

この後のアストリッドのことを知りたい方は、
78ページ以降をごらんください。

作品の中では‥‥ 🎵 42 − 49

イングリッド・ヴァン・ニイマン

🎵 42 アストリッドは『長くつ下のピッピ』を書いた時、この黄色い家のことを「ごたごた荘」として考えていました。もちろん黄色い家のベランダに馬はいませんでした。フルスンド(アストリッドが結婚後、夏の別荘として使っていた所で、ストックホルムの北の島)のよその別荘のベランダに馬がいたのを見たことがあったのです。また、ピッピの家の台所は、いつも黄色い家の台所を思い出して、書いていました。けれど、『はるかな国の兄弟』の中の台所などは、いつもエディトのお母さんの台所を思いうかべていました。

イロン・ヴィークランド

イロン・ヴィークランド

🎵 43 アストリッドのおじいちゃんの呪文が、『小さいきょうだい』の中の短編「カペラのヒツジ」になりました。

イロン・ヴィークランド

🎵 44 「じつにかしこくて、ぐあいよくふとっている、やねの上のカールソン」という名前は、靴屋の"皿の上のカールソン"からとりました。スウェーデンのイングヴァル・カールソン首相がロシアを訪問した時、子どもたちは、やねの上のカールソンと取りちがえましたが、ロシアでは「やねの上のカールソン」がいちばん人気があったからです。

イロン・ヴィークランド

🎵 45 アストリッドの子どもの頃、まわりにいたおばあさんたちは、エーミルの本の中ではマイヤばあさんとして、マディケンの本の中ではリーナス・イダとして、登場。

エーリク・パルムクヴィスト

イングリッド・ヴァン・ニイマン

🐾 46　アストリッドの作品の中に、放浪者はたくさん出てきます。もちろん、『さすらいの孤児ラスムス』にもね。

🐾 47　『ピッピ船にのる』の中で、ピッピは、グンナルとまったく同じようにしました。ただ、無人島からの"びんの手紙"では、火酒は抜いています。

🐾 48　『やかまし村はいつもにぎやか』の第6章「アンナとわたしは、なにをやってるのか、じぶんでもわかりません」の中で、リーサとアンナは、小川の中に砂糖箱を置いてすわっていますが、ふたりは本物のカエルを見つけたので、ミミズにキスをしなくてすみました。

🐾 49　やかまし村の子どもたちも、サクランボをたくさん摘みました。『やかまし村はいつもにぎやか』の第10章「サクランボ会社」で、リーサはおじいさんの部屋の外にある、とても大きな桜の木のことを語っています。この木は、"おじいさんの桜"という名前で、おいしいサクランボがいっぱいなるのです。おじいさんは、「すきなだけ、サクランボをたべてもいいよ。だがね、いちばん下の枝のは、とらないでおくれ。あそこは、ちっちゃなシャスティンのものさ。」と、言っています。

『やかまし村の春・夏・秋・冬』の第5章「イェニーおばさんの家で」の中で、やかまし村の子どもたち全員が、クリスマスの次の日曜日に、イェニーおばさんの家のパーティーに招待されました。馬に引かせた三台のそりに乗って出かけますが、アストリッドがこの場面を書いた時は、ペラルネフルトのおばあちゃんの家でのパーティーが頭の中にありました。イェニーおばさんの家で、やかまし村の子どもたちは、夜泊めてもらいました。集まっていた子どもはぜんぶで十四人、ずらっと並んでわらぶとんの上で寝ることになったのです。

イングリッド・ヴァン・ニイマン

イングリッド・ヴァン・ニイマン

アストリッドを訪ねる旅に出ませんか？

　ヴィンメルビーを訪れると、アストリッド・リンドグレーンの子ども時代の家"ネース"や、ゆかりのあるいろいろな場所が見られます。すでになくなっているものもありますが、まだたくさん残っています。レモネードのなる木や、やかまし村があります。ピッピが買い物をしたり、名探偵のカッレくんが活躍した大通り（ステュールガータン）もあります。

　遊びと寸劇の遊園地"アストリッド・リンドグレーン・ワールド"へ行って、楽しむこともできます。

　ヴィンメルビーへは、汽車、長距離バス、車、自転車、あるいはカヌー（！）で行くことができます。

　アストリッドに関するホームページは、77ページに載っています。

ヴィンメルビーを、ぶらぶらと

　ヴィンメルビーはとても古い町で、西暦1300年代には、すでに牛の売買や大きな市が立つことで有名でした。ここには、たくさんの巧みな手工業者、例えばスズ鋳物工、銀細工師、陶工などが住んでいました。

　大広場（ステューラ・トリエット）から出発しましょう。北側に、1868年に建った**スタッツホテル**が見えます。『川のほとりのおもしろ荘』の中で、お手伝いさんのアルバが、マディケンの家族と大ダンスパーティーに行きますが、同じように、アストリッドもここで踊りました。

　アストリッドの頃は、2階の宴会場でダンスパーティーがおこなわれ、楽隊は、バルコニーに陣取っていました。しばしばマディケンのお母さんの姉妹、ロヴィーサ・リュンググレーンとマティルダ・ノルドグレーンが、ダンスパーティーの企画を立てました。ふたりは、ホテルからそう遠くないところで、お菓子やケーキも売るカフェを開いていたのです。カフェでは、自家製のボンボンやキャラメルも売っていましたが、今はお店はありません。マディケンとアストリッドは、このお店へよく行きました。

　スタッツホテルに向かって立つと、広場の右側に、**本屋**（ブックハンデル）があり、地図や、アストリッド・リンドグレーンの本や、ヴィンメルビー関連の本が置いてあります。

　大広場の南側には、1825年建立の**旧町役場**（ガムラ・ロードヒューセット）が見えます（写真上）。ここに、現在は、観光・旅行案内所（ツーリストビーロン）があります。

　旧町役場の左にある建物が、**昔の薬局**（ガムラ・アポテークスヒューセット）です。この建物（写真右上）の一番上の屋根裏の窓から、アストリッドは避難ロープを試してみようとして、道路に落ちてしまったのです。

　大通り（ステュールガータン）は、東から西へとゆるいカーブを描きながら、町全体を横切っています。大広場を西の方向に歩いていくと、何百年も経った古い木造の家がたくさんあり、アストリッドの子どもの頃と変わっていません。大通り40番地には、ピッピが**18キロのキャンデー**を買ったお店がありました（写真下）。少し行くと、ピッピが子どもたちみんなにオカリナを買ったおもちゃ屋さんもありました。

66

大通りを、大広場から西へ二すじ行くと、**ボーツマンス小道**（ボーツマンスグレンデ）があり、南のほうへ少し行くと、**ボーツマンス丘**（ボーツマンスヘイデン）があります。小さな赤い家が立ち並んでいますが、昔は貧しい人たちが暮らしていました。まさにこのあたりで、名探偵カッレくんが、泥棒のあとをつけたりしたのです。板塀の中や裏庭にかくれるのは簡単だったでしょう。ある家で、めずらしい猫用の入口を見つけました（写真右）。

大通りにもどると、25番地に、大きな灰色の**薬剤師の家**（アポテーカルゴルデン）があります。何代目かの薬剤師の息子である、医師アクセル・ムンテは、『カプリ島の聖ミケーレ』の著者です。この家に隣接して、アクセル・ムンテの父親が薬剤を調合していた**ムンテ薬局**（ムンテス・ドラーグステゥーガ）があります（写真下）。

大通り27番地の黄色い建物(写真上)に喫茶店**カフェ・ローヤル**がありました。サムエル-アウグストとハンナが、紅茶を飲んだところです。ふたりともコーヒーのほうが好きだったのにね。近くには、"喜劇俳優(コメディアンテン)"というダンスホールがありました。アストリッドは、ここでフォークダンスを踊りました。現在は、劇場になっています。

大通りと交差して、丸石が敷きつめられたクレメンス小道(クレメンスグレンデ)があります。黄色い家(写真上)がありますが、ここで『エーミルはお医者さんへ行かなくてはなりません』の映画の撮影がおこなわれました。ほんとうは、マリアンネルンド(73ページの地図参照)が舞台だったのですが。

大通り30番地にある建物(写真上)が、「**ヴィンメルビー新聞**」編集局で、アストリッドはここで働いて、月60クローナの給料をもらっていました。アストリッドは、きっとここを、マディケンのお父さんが新聞記者として働いていたところと想定したのでしょう。アストリッドが校正刷を取りにいった新聞の**印刷所**(写真下)は、編集局の隣の建物の角をストングオー通りのほうへまわったところにありました。

しばらく行くと、大通り14番地に、**カッレ・ブルムクヴィスト**が住んでいて、階下に"ヴィクトル・ブルムクヴィスト食料雑貨店"があるとアストリッドが考えていた家(写真下)があります。

大通り3番地に、エーミルが馬のルーカスに乗って、パーティーの最中にとびこんだ、**町長さんの家**があります。エーミルはそのあと、ロケット花火をあげたので、ヴィンメルビーの人々は、彗星が飛んできたのだと思いました。

ここで、大通りと平行している、セーヴェデ通り(セーヴェデガータン)へ行ってみましょう。禁酒協会の建物、**スウェーデン・サロン**(スベアサーレン)があります。ここで、アストリッドはアマチュア劇を演じたことがあります。映画館の"スター"があったのも、ここでした。

セーヴェデ通り43番地に、1700年代の建物の中に小さな博物館"**ナイチンゲール**(ネクテガーレン)"があり、壁や天井にはとてもきれいな絵が描かれています。ここで、ヴィンメルビーの町の歴史やさまざまな展示を見ることができます。

いよいよ、小高いところに立つ教会にやってきます。教会の入口近くの前庭に、**サムエル-アウグストがハンナに求婚したベンチとシダレトネリコの木**があります。

教会の左の建物(写真上)は、今はピッツァ屋になっていますが、アストリッドが通った**小学校**(フォルクスクーラン)でした。アストリッドの教室は、2階の通りに面した切妻窓のあるところで、当時、アストリッドは窓から大きなボダイジュを見ていました。

ここで**ヴィンメルビー教会**(写真69ページ左上)の中に入ってみましょう。この"新しい"教会は、1856年に完成しました。祭壇の絵は、スヴェン-アルフレード・テルネによるものです。当時テルネは、ストックホルムのヤコブ教会の祭壇の絵も描いていました。幸運なことに、ローマのヴァチカン美術館でラファエロの祭壇の絵に霊感を得たと言われています。

説教台には、ライプチヒの砂時計職人、ハルトマンが作った砂時計が置かれています。牧師さんのお説教が長くなりすぎないように置かれたものです。

アストリッドのお墓

教会から王妃通り（ドロットニングガータン）に向かい、ロータリーまで北上し、そこから西税関門通り（ヴェストラ・ツュールポルツガータン）を西に行くと、ヴィンメルビー教会の墓地があります。つまり教会と墓地は少し離れているのです。**アストリッドのお墓**を見つけるのは、いとも簡単というわけではありませんが、小さな礼拝堂の近くにあり、北工業通り（ノーラ・インダストリガータン）から入るのが一番近いです。でも、だれに尋ねても、どこにアストリッドのお墓があるのか、みんな知っています。

では、わたしたちも、そろそろ教会を出ましょう。

時間のある方は、新しい町庁舎の中にある**図書館**へ行かれるといいでしょう。新町庁舎は、旧町役場の南側、ストングオー通り45番地にあります。階段を上って、スモーランド室へ入ると、アストリッド・リンドグレーンの本や、彼女について書かれた本や、ヴィンメルビーに関しての本などがたくさん揃っています。

右の絵は、ヴィンメルビー自治体の紋章

アストリッドのお墓へ行く途中で、たぶん黒い鉄の十字架の立つお墓（写真上）のそばを通るでしょう。十字架には、"幼い兄弟、ヨハン-マグヌスとアカテス-ファーレン"と書かれています。この墓碑から、アストリッドは、亡くなった幼い兄弟の物語『はるかな国の兄弟』を書くことを思いついたと語っています。

アストリッドは、**サムエル-アウグストとハンナ**と同じお墓で眠っています。お墓のまん中に、昔の牛牧場の石垣からもってきた丸い石が置かれ、アストリッドのサインが彫られています（写真上）。少し離れたところに、**郵便受け**が立っています。多くの人がアストリッドに手紙を書いて、お墓の上に置きましたが、それらの手紙は風にのって他のお墓へ飛んでいってしまったので、お墓の管理団体は、郵便受けを設置したのです。手紙はすべて整理保管されています。

アストリッドの隣には、兄**グンナル**と妻**グンヒルド**、妹**スティーナ**も眠っています。インゲエードは、ヴィンメルビーのお墓には入っていません。

たぶん、**インゲストレム家**のお墓も見つけられるでしょう。ここに、マディケンと家族が永遠の眠りについています。墓地の中には、**旧遺体安置所**（写真下）があります。小さな、白い石造りですが、アストリッドとスティーナは悪魔の"だんな"が姿をあらわすかと思って、この建物のまわりを12回も走ってまわったのでした。

イラスト内ラベル:
- 別棟 ニワトリ小屋 ブタ小屋 洗濯小屋
- アストリッドの子ども時代の"赤い家"
- 木工小屋(ボア小屋) 食料品小屋
- 牧師館
- "黄色い家" ごたごた荘
- レモネードのなる木
- 牧師館通り(以前は牧師館の並木道)

ネースへ行きましょう

　大広場からたった15分ほどで、ネースへ行けます。アストリッドの時代、ネースは田舎だったのですが、今では、ヴィンメルビーの町の一部になっているので、田舎だったと想像するのがむずかしいくらいです。当時、サムエル-アウグストは教会の農場を借りていました。

　ロータリーから、王妃通りを北へ歩いていくと、左側にアストリッドの通った中等学校(レアルスクーラ)前を通ります。正面の上のほうに「町立共学学校」、玄関の壁に「神を敬い、規則を守り、勤勉に」と、書いてあります(写真左)。

　その少し先で道路が分かれていますが、左の牧師館通り(プレストゴールドガータン)のほうへ進みます。アストリッドの時代には、"牧師館の並木道"と呼ばれていましたが、現在では交通量の多い道路になっています。ほんのちょっと行くと、左側、牧師館通り13番地に、マディケンの赤い家が切妻側を通りに向けて建っています(写真下)。以前、マディケンの家は白かったのですが。この家とアストリッドの家ネースとの間に、家は1軒もありませんでした。そのままちょっと牧師館通りを進むと、右側にネース牧師館が見えてきます(写真下)。現在はアストリッド・リンドグレーン研究の研究室、文書管理室、会議室などに使われています。

　牧師館の裏の柵のあたりに、毎年春になると、スウェーデンでは、"黄金色のおしろい"と呼ばれている、エゾネコノメソウが咲きます。

　2007年(生誕100年)、牧師館の裏手に、アストリッド・リンドグレーンの新しいミュージアムが完成しました。

　牧師館への入口のあたりに、ピッピ

のレモネードのなる木(写真上)があります。この木は、**フクロウの木**とも呼ばれていました。樹齢何百年ものセイヨウハルニレですが、この太い幹にアストリッドやグンナルはよく登ったり、洞になった中へ入ったりしました。

隣の黄色い家(写真中央)が、アストリッドがごたごた荘として使ったものです。アストリッドが13歳の時に、もう少し広い家が必要になったので建てられました。現在この家は個人の所有で、グンナルの子どもや孫が夏の家として使っています。

この家のななめ後ろに、いよいよ**赤い家**が見えてきます(上の大きい写真)。ここでアストリッドは生まれ、この家の中で、今までみなさんが読んできたいろんな遊びを楽しんだのです。当時は、切妻側に台所の入口がついていました(19ページの写真参照)。この家は、1700年代は牧師館として使われていました。

でも、直接赤い家へ行かずに、まず通りに面している**案内図**を見てください。案内図には、もう残っていない、牛の世話係の家や洗濯小屋なども載っています。また、一般に公開されているものか、あるいは私有の建物なのかも記されています。案内図の看板は、別棟(写真下)の切妻側のすぐそばにあります。当時は、**洗濯小屋、ニワトリ小屋、ブタ小屋**などがあり、ニワトリや、**子ブタのマナッセ**などがいたのです。では、牛舎棟は？ 雌牛や雄牛、子牛、羊、馬などがいて、また、アストリッドが干し草の山の上にとびおりた、あの長くて、すてきな牛舎棟はどうなったのでしょうか？

残念でしたが、農場は閉鎖され、家畜や農機具も競売にかけられ、牛舎棟は、1971年4月1日、ヴィンメルビーの消防隊によって燃やされました（写真上）。当時、住宅地にしようと教会から土地を買い取った自治体は、牛舎棟を不用だと考えたのです。ネースの家と周辺の土地は、グンナルとアストリッドが買い取ることができました。

アストリッドは赤い家（下の写真は、家の裏側）の室内を子どもの頃と同じか、あるいは似たような家具を入れて元どおりにしました。ハンナとサムエル-アウグストの帽子が、台所にかかっていますし、寝室には、アストリッドが生まれたサムエル-アウグストのベッドがあります。そして客間には、アストリッドが好きでなかったオルガンもあります。

敷地内には、**倉庫**（マガシネット）があり（写真上）、中には**木工小屋**（スニッケルボア）と**食料品小屋**（マットボア）が入っています。木工小屋は、今は小さな"ボア小屋"というお店になっていて、親戚の人が、アストリッドのスタンプを押した絵はがきや本を売っています。ボア小屋の屋根裏部屋で、**アストリッドの兄妹の作品**が展示されています。

店が開かれている時に、この展示も見られます。

建物の後ろには、冷たい泉から流れてくる小川があります。ここで、ミルクを冷やしたりしました。ここは、春の花、"黄金色のおしろい"こと、エゾネコノメソウ（写真下）が好む場所で、水脈があることを示しています。

牧師館通りをもう少し北へ進んでいくと、ガソリンスタンドの左側に、自治体が保存した、ネースの古い牛牧場（写真一番下）や、サムエル-アウグストが地面から掘りおこした何千個もの石で築いた石垣（写真上）が、ほんの少しですが残っています。

やかまし村へ

やかまし村は、ほんとうは**セーヴェーズトルプ村**といいます。そこの中屋敷でサムエル-アウグストは育ちました。ヴィンメルビーからは、車で、まずルート33を西に、マリアンネルンドやイエンシェーピンへ向かって走ります。およそ10キロほど行くと、現在では、やかまし村への左折の案内板が立っています。

少し行くと、すぐにペラルネ村への案内板が左側に見えます。ついでに、**ペラルネ教会**（写真下）を見ていきましょう。そして匂いをかいでください。教会はずいぶん古く、たぶん西暦1200年代初頭のものです。外側は、タールを塗ったヨーロッパナラの薄板でおおわれています。その薄板が、お日さまの光をあびると、とくにいい匂いがするのです。この教会で、アストリッドの両親は1905年6月30日に結婚式を挙げました。

親切な教会守がいる時なら、頼めば、絵の描かれた祭壇の扉を開けて、後ろの非常に古い絵と、その絵と同じくらい古い窓を見せてくれます。

真偽のほどは定かではありませんが、昔むかし教会の中に、ものすごい数のコウモリがすんでいて、縦横に飛びまわり、礼拝もできないほどじゃまをしたそうです。ところが、ある日コウモリがすっかりいなくなったので、村人が牧師にきくと、牧師が答えました。

「まず、わたしは、コウモリたちみんなに洗礼を授けたのだ。それから、堅信礼をほどこした。すると、コウモリは飛んでいったよ。」

教会を出発する前に、道路の反対側にある大きな赤い建物（写真上）、**ペラルネ旧小学校**も見ていくといいでしょう。ここがサムエル-アウグストがハンナに恋心をいだいた学校です。サムエル-アウグストが13歳で、ハンナが9歳の時でした。

北屋敷、中屋敷、南屋敷

　ペラルネ教会から、少しだけもどると、モッス湖からそう遠くない小高いところに、いくつか大きな農家が見えます。**ペラルネフルト村**です。五月になると、家のまわりの桜の花がみごとに咲きます。ここに、アストリッドの母方の祖父母が住んでいました(写真下)。サムエル-アウグストとハンナの結婚披露の祝宴が開かれたのも、アストリッドたちがサクランボ・パーティーに招かれたのも、ここでした。おばあちゃんは子どもたちに、絶対に湖へ行ってはだめよと注意するのですが、子どもたちはもちろん行きました。

　モッス湖です。ええ、やかまし村、つまりセーヴェーズトルプ村に向かう道は、しばらくモッス湖に沿っているので、**ペンペン草小島**(ロンメチューバ)が見えるでしょう(写真右下)。この島が無人島のつもりで、ピッピ、トミー、アンニカが、「かぎたばこもなく、われわれは、もはや力もつきかけた。」と、"びんの手紙"を流したところです。残念ながら、車を道路に止めるのは、交通上危険です。

　あと数キロで、**セーヴェーズトルプ村／やかまし村**へ着きます。駐車場があり、そこから、3軒の家、**北屋敷、中屋敷、南屋敷**の並ぶ、やかまし村へと少し坂をあがります。3軒の家(写真上)は、本の中に書かれているほど、"おそろしく"くっついてはいませんが、きっと見覚えがあるでしょう。南屋敷と中屋敷のあいだに、木登りのできるボダイジュはありませんが、納屋や物置は残っています。そして、夏のあいだは、家畜を手でなでたり、子馬に乗ることもできます。時には、訪れた人がとびおりることのできる干し草の山があることもあります。

　やかまし村の映画撮影で、ラッセ・ハルストレム監督は、ここの戸外の風景を使いました。ウッレ・ヘルボム監督は、昔の白黒映画のやかまし村を、ストックホルムから少し北の、ノルテリエで撮りました。

　今では、牛小屋やはなれは、カフェや、おみやげや子ども服などのお店になっています。ここへはたくさんの観光客が、とくにドイツから多く訪れます。個人の住居になっている家には入れませんが、住んでいる人たちは、外から見られるのに耐えているように思えます。南屋敷は、借りられるそうです。中屋敷は、後ろ側にアンティークのお店があります。

つぎは、カットフルト農場（ジッベリイド村）

　レンネベリア村のエーミルが暮らす**カットフルト農場**の名前は、アストリッドが思いつきました。ウッレ・ヘルボム監督が、エーミルの映画の撮影に使ったジッベリイド村にある農家（写真上の2つ）を見ることができます。

　けれど今では、カットフルトは、いくつかの地図に載っています。実際のレンネベリア村は、20キロほど南東の方向にあります。

　セーヴェーズトルプ村から、細い道路を通ってなんとか行くことはできますが、簡単なのは、ルート33までもどって、そこから西のほうへ行きます。道路が分かれていて、「ルムスキュッラまで5キロ」という看板のあるところを右折し、北へ進みます。そして、ルムスキュッラの分かれ道で、左のほうへ進むと、カットフルト農場、ジッベリイドへ到着です。

　かなり大きな駐車場から、牛が草を食んでいる牧場の横を通りながら、カットフルトへとあがって行きます。

　エーミルの映画のためにスモーランドじゅうを探していた関係者は、ジッベリイド村のアストリッド・ヨハンソンのジッベリイド農場を見たとたん、すべてが揃っていると思いました。大きな**農家屋敷**に、**作男小屋**（写真下）、そして**便所**、またエーミルとアルフレッドが夕方に**水浴びをする**湖まで、まさにぴったりだったのです。ただ、水浴びの場面は別の場所で撮りました。新しく建てたのは、エーミルが逃げ出すのに使う板を渡せるように建てた**木工小屋**と**食料品小屋**だけでした。それ以来、小屋は残されていて、木工小屋は、夏のあいだ、「ぼくのびょうし」とエーミルが呼ぶぼうしや、「ぼくのてっぽう」と呼ぶ木銃などを売る、小さなお店になっています。小屋は火事にあいましたが、今では元通りに復元されたので、映画の中での場面を思い出させます。農家屋敷は、個人住宅なので入ることはできません。

　案内板（写真左下）は、スウェーデン語の他に、ドイツ語で書かれたのもあります。ドイツでは、エーミルは、エーミル・ミヒェルという名前で呼ばれています。エーリヒ・ケストナーの『エーミールと探偵たち』と混同されないためです。

　『レンネベリアのエーミル』の映画を見た方は、アストリッド自身がバックホルヴァの競り市でショールをかぶったおばさん役で出演しているのに気づかれたでしょうか？

樹齢千年のヨーロッパナラの木

　アストリッドとは、とくべつに関係はないのですが、**クヴィッルエーケン**を見ずに、このあたりを去るのは残念なことでしょう。このヨーロッパナラの木は、ジッベリイドの北東、そんなに遠くないところに立っています。

　1本の木が、地図に載ることはめったにありませんが、これは、北ヨーロッパで最も古い、生きている、とくべつ珍しい木だとして紹介されています。ヴァイキングの時代に芽を出し、今も生きているなんて！　クヴィッルエーケンは、千年以上も生きてきて、なお毎年春になると、みずみずしい緑の若葉を出すのです。とても太くて、幹のまわりを囲むには14人が必要です。

　ピッピのレモネードの木のように、幹の中が洞になっているので、幹が割れないように、鉄のベルトが巻かれています。今は、だれも登ることはできません。古い木なので、耐えられないでしょうから。でも、アストリッドが子どもの時、ここへ来て、登ったかもしれませんね。

　この木のそばに、お弁当を食べるのにぴったりのテーブルとベンチがあります。けれど、ただすわって、千年もの長い年月のことや、リスが埋めたドングリが芽を出し、それがこんな後の今日まで生きていることなどに思いをはせるのも、いいでしょう！

　クヴィッルエーケンを写真に撮ろうとしても、全体を1枚に収めるのは簡単ではありません。何枚か撮って、アルバムで貼り合わせることならできますが。

遊びと寸劇の遊園地、アストリッド・リンドグレーン・ワールド

アストリッド・リンドグレーンの幼い日々について読んできたので、こんどはちょっと、ヴィンメルビーにある、遊びと寸劇の遊園地、"お話村"アストリッド・リンドグレーン・ワールドのことを話しましょう。教会の墓地からそんなに遠くないし、案内板があちこちにあるので、間違いなく行けます。車で行っても、大きな駐車場があります。徒歩の場合は、大広場から20分か25分ぐらいです。一番近道は、倉庫通り(フェロッズガータン)から工場通り(ファブリクスガータン)へ右折し、しばらく行くと、右側に入口があります。

入場料はそれなりにしますが、その代わり、中ではお金はかかりません。それに、見たり、参加したりして楽しめるものがいろいろあります。

アストリッド・リンドグレーン・ワールドの中に、**やかまし村、カットフルト農場、ごたごた荘、マッティス城、野バラ谷、ヴィンメルビー広場**が作られていますし、ほかにもたくさんあります。実際の三分の一の大きさで作られているので、小さい子どもならたいていの建物に入ることができます。

農家もあり、羊や山羊や、そのほかの家畜を、手で触れたり、なでたりできます。また、"地面におりません道"では、水が吹き出る石がありますから、ぬれてしまいますよ。

園内のいろんな場所を背景に、アストリッド・リンドグレーンの本の中の人物が登場する寸劇を見ることができます。

お弁当をもっていれば、ピクニックにぴったりのところが見つけられます。そして、もちろんレストラン、本屋、アストリッド・リンドグレーンの書籍や映画に関連した記念品やおもちゃを販売する店もあります。宿泊用の施設も中にあります。

アストリッドに関するホームページ

www.astridlindgren.se
アストリッド・リンドグレーンと作品についての情報。

www.alv.se
ヴィンメルビーにある、アストリッド・リンドグレーン・ワールドの開園時間とその他遊園地情報。

www.alg.se
ヴィンメルビーにあるアストリッド・リンドグレーンの家と新しいミュージアムの情報。

www.alma.se
アストリッド・リンドグレーン記念文学賞に関しての情報。世界一の児童書の賞。

www.junibacken.se
"六月が丘(ユニバッケン)"。ストックホルムのユールゴルデンにある、楽しい子どもの文化の館。電車にのって、空中から、エーミルやマディケンなどの作品の情景の中を走りぬけて、楽しみます。レストランや、よく分類された児童書の本屋もあります。

www.astridlindgrensallskapet.se
アストリッド・リンドグレーンと彼女の作品に興味があり、アストリッド・リンドグレーン・クラブへ入りたい人への情報。子ども会員もあります。

www.vimmerbyturistbyra.se
ヴィンメルビー観光案内所。大広場に面した旧町役場内。ホテル、ユースホステル、あるいは例えば自転車道についての情報。アストリッド・リンドグレーンの足跡を自転車でたどったり、ハイキング道やカヌー・コースなど。

www.vimmerby.se
ヴィンメルビー自治体。ナイチンゲール博物館、図書館、ヴィンメルビーの過去の情景などが見られる、デジタル写真などの情報。クリックに少しコツがいりますが、上手に見てください。

www.katthult.se
エーミルの映画が撮られたジッベリイドにある"カットフルト"情報。

www.sbi.kb.se
ストックホルムにあるスウェーデン児童書研究所。この研究者用図書館には、スウェーデン語の児童書のすべてが揃っています。図書館には、児童書、作家、さし絵画家についての本もあります。主に研究者用で、子どもの図書館ではありません。

www.kb.se
国立図書館。ここの地下には、図書館の手書き原稿担当課が保管する、アストリッド宛ての手紙や、彼女からの手紙、原稿や記録文書などがあります。現在アストリッドのすべての資料の目録を製作中で、何メートルにもおよぶ棚は、国立図書館にある作家の中では最長。図書館は、ストックホルムにあり、主に研究者のみ利用できます。

www.raben.se
ラベーン&ショーグレン出版社。スウェーデンで、アストリッド・リンドグレーンのほとんどの作品を出版しています。

それからのアストリッド

十代になったある日、アストリッドは、もう遊んでいられないことに気がつきました。『赤毛のアン』のダイアナ・バーリーになるのもばからしく思えてきたのです。恐ろしい発見でした。このように、アストリッドは語っています。《十代はただ、意欲のない、さえない状態で、よくゆううつになりました。多くの十代の人と同じように、自分はみっともないと思って、だれかを好きになることはありませんでした。ほかのみんなは恋をしていたのにね。》

15歳の時、中等学校の卒業試験ですばらしい成績を取りました。アストリッドは、長い髪の毛を切りました。この時代には大胆なことだったので、ヴィンメルビーでは騒ぎになり、両親にとってはショックでした。

でも、アストリッドには友だちがたくさんいて、ジャズダンスやフォークダンスをしたり、仮装や、演劇をするのも好きでした。

マディケンが17歳のお誕生日を迎えた時、アストリッド（写真上、右端）と友人たちは、お祝いに"カヴァリエ"役に男装して、エスコートしました。

16歳の時に、ヴィンメルビー新聞に採用され、校正をしたり、結婚欄や死亡欄、鉄道の開通式の記事を書いたりしました。また、女友だち数人と、徒歩旅行に出て、ヴェッテルン湖のそばにあった、エレン・ケイ〔1849－1926　世界的に有名な教育思想家〕の"ストランド荘"に立ち寄ったことなどもルポルタージュしました。

18歳の時、妊娠しました。この頃、ヴィンメルビーのような小さな町では、スキャンダルでした。子どもは欲しいと思いましたが、結婚は考えませんでした。ストックホルムに移り、速記とタイプを習いはじめました。

アストリッドはコペンハーゲンで出産しました。ここでは、役所に父親の名前を言わなくてもよかったのです。男の子でした。洗礼を受け、ラーシュという洗礼名をもらい、ラッセと呼ばれることになりました。ラッセはデンマークで養家に預けられ、アストリッドはストックホルムにもどり、勉強を続けました。その後、勉強を終えると、スウェーデン書籍販売センター長、トシュテン・リンドフォーシュの秘書として採用されました。アストリッドは、リンドフォーシュの娘ヴィヴェカに、初めてのお話『ヴィヴェカのお話』を書きました。アストリッドによると、「とってもばからしいものよ。」とか。ヴィヴェカは、その後有名な女優になりました。

アストリッドは、できるだけひんぱんにラッセに会いに行くために、あらゆるお金を節約しました。とても貧しく、お腹をすかせた事務員でした。救いは、ネースから届く食べ物の小包み。それに市立図書館。そして親戚がストックホルムに映画館を持っていたので、無料入場券がもらえたことでした。

1928年、アストリッドは新しい仕事に変わりました。こんどは、KAK（王立自動車クラブ）です。上司はステューレ・リンドグレーンでした。

　ラッセの養母が病気になり、アストリッドはラッセを引き取り、賃貸部屋でいっしょに暮らしはじめました。

　ところが、母ハンナは、ラッセはネースの自分たちの元で暮らすのがいいと考えました。そして、そうすることになりました（写真上）。

　1931年の春、アストリッドは、上司ステューレ・リンドグレーンと結婚し、ストックホルムのヴルカヌス通りに転居しました。ここでようやく、ラッセを引き取ることができました。

　アストリッドは、家庭の主婦になり、ふたたび遊ぶことの楽しさを見つけました。ラッセとたくさん遊び、氷上をすべったり、木登りを教えたりしました。木登りは、アストリッド自身も年がいくまで楽しんでいました。ラッセが覚えていることで一番おもしろかったのは、母親が台所のテーブルの上へ、両足をそろえてとび乗ったことでした。

Jultomten hör på dagsnyheterna

クリスマストムテンが、ニュースを聞いています。

　兄のグンナルを通じて、アストリッドは、「田舎のクリスマス新聞」と接触をもち、お話を書きました。その中には、トムテンが小さなスクリーンのついたラジオを持っていて、そのスクリーンで子どもたちがおりこうにしているかどうかを見るというお話がありました。ということは、テレビが出現するずいぶん前に、アストリッドはテレビを考えついていたんですね。

　1934年に、アストリッドとステューレの娘、カーリンが生まれました（写真下）。

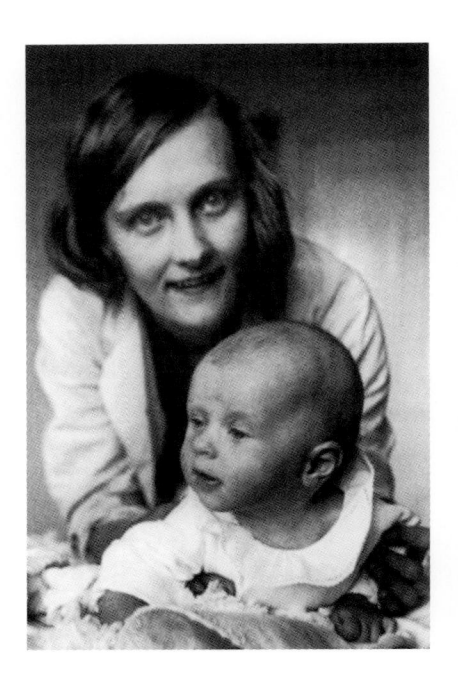

　アストリッドは、時々、速記とかタイプの臨時の仕事をしていました。その中には、犯罪学の研究者、ハリー・セーデルマンのところでの仕事もありました。そこで学んだことは、後に『名探偵カッレくん』に使われることになったのです。

　ハリー・セーデルマンの依頼で、戦時中ひそかに、情報機関で手紙検閲の任務につき、スウェーデンの兵士たちが家宛てに書く手紙を読んでいました。

　カーリンは7歳の時、肺炎になり、寝ていなくてはならなくなると、絶えず何かお話して、とお母さんにねだったのです。「どんなのがいい？」と、アストリッドがきくと、「長くつ下のピッピ。」と、答えました。『あしながおじさん』をもじって言ったのでしょうか？

　とっぴな名前だったので、とっぴなお話になってしまいました。「もっと、もっと。」とカーリンが言うので、お話は続きました。そのうち、カーリンの友だちがやってきて、ピッピの続きを話して、と頼むようになりました。（下の写真は、アストリッドとラッセとカーリン）

ある冬の日、アストリッドは、氷ですべって、足をくじきました。何週間もベッドでじっとしていなくてはならなかったので、アストリッドは、ピッピのお話を速記していったのです。それからきれいにタイプで打ち、原稿に表紙をつけて綴じ、自分の想像するピッピの絵を描きました（上の絵）。そして、カーリンが10歳のお誕生日を迎えた時に、それを贈り物にしたのです。その時、原稿の写しを大手のボニエル出版社にも送りました。「わたしを、児童保護委員会に通報なさいませんように」と、ユーモアたっぷりにお願いした手紙を添えて。

ずいぶん経ってから、原稿は返されてきました。だめだったのです。ボニエル社は、こんな礼儀を知らない、ずうずうしい子どものお話を出版しようとはしませんでした。本を読んで、子どもがみんなピッピのようになったら、大変だと考えたのでしょうか。

その頃、アストリッドは書くことの楽しさを見出していました。そして、少女小説『ブリット-マリはただいま幸せ』を書き、別の出版社ラベーン＆ショーグレン社が募集していた少女向け懸賞小説に応募しました。そしてアストリッドは、二等賞を取ったのです！

まもなくラベーン＆ショーグレン社は、子ども向けの作品の懸賞募集をしました。アストリッドは、ピッピの原稿に手直しをして、応募したのです。そして、なんとこんどは、一等賞にかがやきました！！！

それから、アストリッドは動きはじめました。アストリッドは書きに、書きました。ラベーン＆ショーグレン社は、アストリッドの作品をとても気に入り、あまり気に入ったので、児童書全般の編集長として招き入れました。そのためスウェーデンでは、この時期に、愉快なすぐれた児童書がとりわけたくさん出版されたのです。

マディケン（写真上、左）は、アン-マリー・フリースという名前で、アストリッドの原稿閲読係〔原稿を読んで、どれを出版するべきかなどを助言する〕になりました。もうひとりの原稿閲読係、エルサ・オレニウスは、よく知られた児童書専門の司書で、「わたしたちの劇場」を開設しました。

昼食まで、アストリッドは自宅のベッドの中で、子どもの本を書きました。昼食後は、出版社に出社して、編集者として働きました。1970年、年金生活に入り、フルタイムで作品を書きはじめました。『はるかな国の兄弟』『山賊のむすめローニャ』などなど。さし絵は、イロン・ヴィークランドが担当しました（写真下）。

アストリッドがあまりに楽しく、機知に富んでいたので、スウェーデンでもっとも人気のあったラジオ番組のひとつである「二十の質問」に何年ものあいだ出演しました。ペール-マーティン・ハンベリイ（写真下）と共に。

アストリッドは、世界でも知られるようになりました。アストリッドの作品は、多くの言語に訳されて、出版されたのです。たくさんの賞も受けました。アストリッドは、自分の作品を原作にした映画のシナリオや、映画の中で使われる歌の歌詞も書きました。

1976年、「エクスプレッセン紙」に、「モニスマニエン国のポンペリポッサ」という物語を発表して、大きな騒ぎになりました。アストリッドは、自分が102パーセントの税金を払わねばならないことに気づいたのです。当時の大蔵大臣、グンナル・ストレングは、アストリッドは計算ができないのだから、お話を書くことに専念すればいいのだと言いました。（グンナル・ストレングと政府にとって）残念ながら、アストリッドはおおむね正しかったのです。そして、税金の法律は変えられなくてはならなかったのです。

また獣医のクリスティーナ・フォーシュルンドとともに、スウェーデンでは、どんなに牛やブタやニワトリがひどい扱い方をされているかについて、新聞にシリーズで記事を書きました。ネースでは、ちがっていたのですから。

その後、アストリッドとクリスティーナは、新聞の記事をもとにして、『わたしの牛は楽しく暮らしたい』を出版しました。

大人になってから、アストリッドはいくつもの悲しみに出会っています。両親の死がありました。が、ふたりは高齢で、サムエル-アウグストは、94歳でした。ごく身近な人が、もっと若くして亡くなったのは、予期しないことでした。1952年に、夫ステューレが亡くなりました。1974年には、兄のグンナル、1986年には、息子ラッセを失いました。

アストリッドは、読者から受け取った膨大な数の手紙に、高齢になるまで、できるかぎり返事を書くようにしていました。

2002年1月28日、アストリッドは、94歳で亡くなり、壮麗に、かつしめやかに葬儀が執りおこなわれました。葬列は、ストックホルムの街中を通り、たくさんの人々に見送られながら、棺は馬車で大教会まで運ばれました。教会では、国王夫妻、王女、王子、首相や政府関係者など大勢の人が待ち受けていました。

同年、政府は、アストリッドを記念して、アストリッド・リンドグレーン記念文学賞（ALMA　Astrid Lindgren Memorial Award）を設立しました。児童文学のノーベル賞にあたる、国際的な大きな賞で、アストリッドの精神をくんだ児童文学作家、児童書のさし絵画家、あるいは子どもたちの読書推進に貢献した人などに、毎年贈られることになっています。

アストリッド・リンドグレーンの作品は、現在も毎年版を重ね、図書館でも最もよく貸し出されています。そして今でも、多くの学校の終業式で、"イーダの夏の歌"〔エーミルの映画の中で歌われた、アストリッド作詞の歌〕が歌われています。

グンナルとアストリッド

アストリッドの略年譜

1875年　サムエル-アウグスト・エリクソン生まれる。
1879年　ハンナ・ヨンソン生まれる。
1895年　4月30日、サムエル-アウグスト、両親と共に、セーヴェーズトルプからネースへ移る。
1903年　サムエル-アウグスト、4月1日午後11時に、みぞれ舞う中、ハンナに求婚。
1905年　6月30日、サムエル-アウグストとハンナ結婚。
1906年　7月27日、兄グンナル生まれる。
1907年　11月14日、アストリッド-アンナ-エミリア生まれる。
1911年　3月1日、妹スティーナ生まれる。
1914年　8月7日、小学校入学。
1916年　3月15日、妹インゲエード、"母さんのかわいいニッコン"生まれる。
1920年　遊ぶには大きくなってしまったと感じる。家族と共に、新しい黄色い家に引っ越す。中等学校入学。
1921年　9月7日、学校の作文が、「ヴィンメルビー新聞」に掲載される。
1923年　中等学校の卒業試験で抜群の成績をとる。とくに国語で。
1924年　「ヴィンメルビー新聞」で働きはじめる。
1926年　ストックホルムへ移る。速記とタイプの学校へ行く。
1926年　12月4日、息子ラーシュ(ラッセ)生まれる。コペンハーゲンの養家に預ける。
1928年　王立自動車クラブに就職。
1930年　ラッセ、養母病気のため、ネースに移る。
1931年　アストリッド・エリクソン、ステューレ・リンドグレーンと結婚。ラッセを、ストックホルムのヴルカヌス通り(ヴルカヌスガータン)の家に引き取る。
1933年　「田舎のクリスマス新聞」と「ストックホルム新聞」に、お話を書く。
1934年　5月21日、娘カーリン生まれる。
1940年　グンナル、父サムエル-アウグストから農場を引き継ぐ。アストリッド、秘密裏に手紙検閲の情報機関に採用される。
1941年　リンドグレーン家、ヴァーサ公園のそばのマンション、ダーラ通り(ダーラガータン)46番地に引っ越す。カーリン、肺炎になり、長くつ下のピッピの名前を思いつき、アストリッドがお話をする。
1944年　氷ですべって、足首をねんざ。ベッドで、ピッピのお話を書く。カーリンは、10歳のお誕生日プレゼントに、ピッピのお話を綴じたのをもらう。アストリッド、ピッピのお話の写しをボニエル出版社に送るが、断られる。
1944年　『ブリット-マリはただいま幸せ』で、ラベーン&ショーグレン社の少女向けの懸賞小説に応募し、二等賞を取る。
1945年　ラベーン&ショーグレン社の子ども向け懸賞小説に、『長くつ下のピッピ』で応募。一等賞を受賞！『長くつ下のピッピ』出版される。
1946年　ラベーン&ショーグレン社に児童書の編集長として採用される。
1948年　ペール-マーティン・ハンベリイ、ラジオ番組「二十の質問」を始める。1960年まで、アストリッドも出演。
1950年　『親指こぞうニルス・カールソン』で、ニルス・ホルゲション賞を受賞。
1952年　夫ステューレ死去。
1958年　国際アンデルセン賞を受賞。
1961年　母ハンナ死去。
1963年　九人協会のメンバーに選任される。

1965年 エリクソン家が教会から借りていた、ネースの農場閉鎖。
1969年 父サムエル-アウグスト死去。
1970年 ラベーン＆ショーグレン社を定年退社。
1971年 スウェーデン・アカデミーより、大きな金メダルを受賞。アストリッドによると、「ビール1本くらいの重さね」。ヴィンメルビーの消防署、ネースの牛舎棟を燃やす。
1974年 兄グンナル死去。
1976年 「モニスマニエン国のポンペリポッサ」を、「エクスプレッセン紙」に発表。
1978年 ドイツ書店協会平和賞を受賞。「暴力は絶対にだめ」という題で、スピーチ。
1979年 子どもへの暴力禁止法成立。
1985年 アストリッドと獣医クリスティーナ・フォーシュルンドとで、動物のもっとましな生活の権利キャンペーン始める。
1986年 息子ラーシュ死去。
1987年 80歳を祝う。誕生日プレゼントとして、首相のイングヴァル・カールソンが、動物保護法案を贈る。
1990年 『わたしの牛は楽しく暮らしたい』出版。（新聞の記事に加筆して）
1991年 親友アン-マリー・フリース（マディケン）死去。
1994年 ライト・ライヴリフッド賞を、子どもと動物の権利に尽力したとして受賞。
1996年 ロシア科学アカデミー、アストリッド・リンドグレーンに、"アステロイデン3204"という洗礼名を授ける。「これからはわたしのことを、アステロイデン・リンドグレーンと呼んでもいいわよ」と、アストリッドは言っていた。
1997年 90歳を祝う。「今年の世界のスウェーデン人」に選ばれる。妹インゲエード死去。
2002年 1月28日、死去。ダーラ通り46番地の自宅にて。スウェーデン政府は、アストリッド・リンドグレーン記念文学賞（ALMA）を、児童文学のノーベル賞として設立。妹スティーナ、12月26日死去。

アストリッド・リンドグレーンの作品一覧

【絵本】

1947年 『ぼくねむくないよ』ビルギッタ・ノルデンシェルド絵(1987年、イロン・ヴィークランド絵、ヤンソン由実子訳、岩波書店、1990年)

1947年 『こんにちは、長くつ下のピッピ』イングリッド・ヴァン・ニイマン絵(石井登志子訳、徳間書店、2004年)

1951年 『わたしもがっこうへいきたいわ』ビルギッタ・ノルデンシェルド絵(1979年、イロン・ヴィークランド絵、いしいみつる訳、ぬぷん児童書出版、1982年)

1954年 『ぼくのあかちゃん』ビルギッタ・ノルデンシェルド絵(1978年、イロン・ヴィークランド絵、いしいみつる訳、ぬぷん児童書出版、1982年)

1956年 『エヴァ、のりこさんにあう』写真:アンナ・リウキン-ブリック

1956年 『親指こぞうニルス・カールソンのひっこし』イロン・ヴィークランド絵

1958年 『シーアはキリマンジャロに暮らしています』写真:アンナ・リウキン-ブリック

1959年 『わたしのスウェーデンのいとこたち』写真:アンナ・リウキン-ブリック

1960年 『リリベット、サーカスの子ども』写真:アンナ・リウキン-ブリック

1960年 『世界一かわいい』写真:イッラ

1961年 『馬小屋のクリスマス』ハラルド・ヴィベリイ絵(2001年、ラーシュ・クリンティング絵、うらたあつこ訳、ラトルズ、2006年)

1962年 『マルコはユーゴスラヴィアに暮らしています』写真:アンナ・リウキン-ブリック

1963年 『ヤッキーはオランダに暮らしています』写真:アンナ・リウキン-ブリック

1963年 『やかまし村のクリスマス』イロン・ヴィークランド絵(尾崎義訳、ポプラ社、1967年)

1965年 『やかまし村の春』イロン・ヴィークランド絵(すずきてつろう訳、ポプラ社、1967年)

1965年 『ランディはノルウェーに暮らしています』写真:アンナ・リウキン-ブリック

1966年 『ノイはタイで暮らしています』写真:アンナ・リウキン-ブリック

1966年 『やかましむらのこどもの日』イロン・ヴィークランド絵(山内清子訳、偕成社、1983年)

1967年 『スクロッランと海賊たち』写真:スヴェン-エーリック・デレールとスティーグ・ハルグレン

1968年 『マッティはフィンランドに暮らしています』写真:アンナ・リウキン-ブリック

1969年 『ピッピ、ひっこしてくる』イングリッド・ヴァン・ニイマン絵

1969年 『ピッピはなんでもできます』イングリッド・ヴァン・ニイマン絵

1970年 『ピッピは世界で一番つよい』イングリッド・ヴァン・ニイマン絵

1970年 『ピッピ、パーティーをひらく』イングリッド・ヴァン・ニイマン絵

1971年 『ロッタちゃんとじてんしゃ』イロン・ヴィークランド絵(山室静訳、偕成社、1976年)

1971年 『写真絵本 長くつ下のピッピ』写真:ボー-エリック・ジベリイ(石井登志子訳、プチグラパブリッシング、2005年)

1971年 『ピッピ、海へ行く』イングリッド・ヴァン・ニイマン絵

1971年 『ピッピは大きくなりたくない』イングリッド・ヴァン・ニイマン絵

1972年 『あのエーミル』ビヨルン・ベリイ絵

1973年 『だいすきなおねえさま』ハンス・アーノルド絵

1976年 『エーミルが、リーナの虫歯をぬこうとした時』ビヨルン・ベリイ絵

1977年 『ロッタちゃんとクリスマスツリー』イロン・ヴィークランド絵(山室静訳、偕成社、1979年)

1983年 『雪の森のリサベット』イロン・ヴィークランド絵(石井登志子訳、徳間書店、2003年)

1984年 『よろこびの木』スヴェン・オットー・S絵(石井登志子訳、徳間書店、2001年)

1985年 『赤い目のドラゴン』イロン・ヴィークランド絵(ヤンソン由実子訳、岩波書店、1986年)

1986年 『ゆうれいフェルピンの話』イロン・ヴィークランド絵(石井登志子訳、岩波書店、1993年)

1989年 『こうしはそりにのって』マリット・テルンクヴィスト絵(今井冬美訳、金の星社、1997年)

1990年 『ロッタのひみつのおくりもの』イロン・ヴィークランド絵(石井登志子訳、岩波書店、1991年)

1991年　『おうしのアダムがおこりだすと』マリット・テルンクヴィスト絵（今井冬美訳、金の星社、1997年）

1994年　『夕あかりの国』マリット・テルンクヴィスト絵(石井登志子訳、徳間書店、1999年）

1995年　『エーミルとレバーペーストの生地』ビヨルン・ベリイ絵

1997年　『エーミルとスープばち』ビヨルン・ベリイ絵

1997年　『さわぎや通りのロッタちゃん』イロン・ヴィークランド絵

2000年　『フムレ公園のピッピ』イングリッド・ヴァン・ニイマン絵

2002年　『ふしぎなお人形ミラベル』ピア・リンデンバウム絵（武井典子訳、偕成社、2005年）

2003年　『やねの上のカールソン、お誕生日パーティーへ』ミカエル・ヒュルセ絵（イロン・ヴィークランドの絵を参考にして）

2003年　『赤い鳥の国へ』マリット・テルンクヴィスト絵(石井登志子訳、徳間書店、2005年）

2004年　『ピッピ、南の島で大かつやく』イングリッド・ヴァン・ニイマン絵、カーリン・ニイマン抜粋（石井登志子訳、徳間書店、2006年）

2007年　『ペーテルとペトラ』クリスティーナ・ディーグマン絵（大塚勇三訳、岩波書店、2007年）

【子ども・少年少女向け読み物】
1944年　『ブリット-マリはただいま幸せ』（石井登志子訳、徳間書店、2003年）

1945年　『サクランボたちの幸せの丘』（石井登志子訳、徳間書店、2007年）

1945年　『長くつ下のピッピ』（大塚勇三訳、岩波書店、1964年）

1946年　『ピッピ船にのる』（大塚勇三訳、岩波書店、1965年）

1946年　『名探偵カッレくん』（尾崎義訳、岩波書店、1957年）

1947年　『やかまし村の子どもたち』（大塚勇三訳、岩波書店、1965年）

1948年　『ピッピ南の島へ』（大塚勇三訳、岩波書店、1965年）

1949年　『やかまし村の春・夏・秋・冬』（大塚勇三訳、岩波書店、1965年）

1949年　『親指こぞうニルス・カールソン』（大塚勇三訳、岩波書店、1974年）

1950年　『カイサ・カヴァート』

1950年　『アメリカのカティ』

1951年　『カッレくんの冒険』（尾崎義訳、岩波書店、1958年）

1952年　『やかまし村はいつもにぎやか』（大塚勇三訳、岩波書店、1965年）

1952年　『船長通りのカティ』

1953年　『名探偵カッレとスパイ団』（尾崎義訳、岩波書店、1960年）

1954年　『ミオよわたしのミオ』（大塚勇三訳、岩波書店、1967年）

1954年　『パリのカティ』

1955年　『やねの上のカールソン』（大塚勇三訳、岩波書店、1965年）

1956年　『さすらいの孤児ラスムス』（尾崎義訳、岩波書店、1965年）

1957年　『ラスムスくん英雄になる』（尾崎義訳、岩波書店、1965年）

1958年　『ちいさいロッタちゃん』（山室静訳、偕成社、1980年）

1959年　『小さいきょうだい』（大塚勇三訳、岩波書店、1969年）

1960年　『おもしろ荘の子どもたち』（石井登志子訳、岩波書店、1987年）

1961年　『ロッタちゃんのひっこし』（山室静訳、偕成社、1966年）

1962年　『やねの上のカールソンとびまわる』（大塚勇三訳、岩波書店、1975年）

1963年　『エーミールと大どろぼう』（尾崎義訳、講談社、1972年）

1964年　『わたしたちの島で』（尾崎義訳、岩波書店、1970年）

1966年　『エーミールとねずみとり』（尾崎義訳、講談社、1972年）

1968年　『やねの上のカールソンだいかつやく』（石井登志子訳、岩波書店、2007年）

1970年　『エーミールと六十ぴきのざりがに』（小野寺百合子訳、講談社、1972年）

1973年　『はるかな国の兄弟』（大塚勇三訳、岩波書店、1976年）

1976年　『川のほとりのおもしろ荘』（石井登志子訳、岩波書店、1988年）

1977年　『エーミールと大どろぼう』（聴覚障害者用に、ヘレーナ・レンヴァルがむずかしい言葉の説明をつけて、書き直している）

1979年　『ピッピ、クリスマスの終わりのパーティーをする』

1981年　『山賊のむすめローニャ』（大塚勇三訳、岩波書店、1982年）

1984年　『エーミルと小さなイーダ』（さんぺいけいこ訳、岩波書店、1994年）

1985年　『エーミルのいたずら325番』（さんぺいけいこ訳、岩波書店、1994年）

1986年 『エーミルのクリスマス・パーティー』（さんぺいけいこ訳、岩波書店、1994年）

1987年 『アッサール・ブッブラ』

1991年 『おもしろ荘のリサベット』（石井登志子訳、岩波書店、1992年）

1993年 『クリスマスをまつリサベット』（石井登志子訳、岩波書店、1994年）

【集成本】（3冊シリーズの合本など）
1952年 『長くつ下のピッピの本』

1961年 『やかまし村の本』

1967年 『サリコンのバラ』

1972年 『やねの上のカールソンの本』

1980年 『物語』

1982年 『スモーランドの闘牛』

1982年 『ピッピからローニャ』背革綴じの5冊組の箱入り

1983年 『わたしたちみんなのマディケン』

1984年 『エーミルの本』

1985年 『クリスマスのお話』

1989年 『レンネベリアのイーダとエーミル』

1992年 『みなさん、メリークリスマス』

2002年 『クリスマスのお話』

2002年 『すべてのわたしの子どもたち』

2003年 『さわぎや通りのロッタちゃん』

2007年 『やかまし村の子どもたち』

【演劇の脚本と歌の歌詞】
1945年 『大切なことは、生き生きしていることよ』

1946年 『長くつ下のピッピの生活の仕方』

1948年 『カッレくんの冒険』

1949年 『フムレ公園のピッピ』

1949年 『ピッピといっしょに歌いましょう』作曲：ペール-マーティン・ハンベリイ、歌詞：アストリッド・リンドグレーン、さし絵：イングリッド・ヴァン・ニイマン

1950年 『子どもと若者の六つの戯曲』

1959年 『子どもと若者の戯曲　最初の集録版』

1968年 『子どもと若者の戯曲　第二の集録版』

1978年 『ピッピ、エーミル、その他の歌』作曲：ジェオルイ・リーデル、ウルフ・ビヨルリン、ヤン・ヨハンソン

1991年 『アストリッド・リンドグレーンの"まあまあこんな子どもがいるなんて"と、他の歌』作曲：ジェオルイ・リーデル、アンデシュ・ベルイルンド、ウルフ・ビヨルリン、スタッファン・イェテスタム、ベングト・ハルベリイ、ビヨルン・イスフェルト、ヤン・ヨハンソン、イェスタ・リンデルホルム、リッレブルール・セーデルルンド、さし絵：ビヨルン・ベリイ、エーリク・パルムクヴィスト、イングリッド・ヴァン・ニイマン、イロン・ヴィークランド

2005年 『長くつ下のピッピの歌』作曲：ヤン・ヨハンソン、ジェオルイ・リーデル、ペール-マーティン・ハンベリイ、歌詞：ペール-マーティン・ハンベリイ、アストリッド・リンドグレーン、さし絵：イングリッド・ヴァン・ニイマン

2007年 『アストリッド・リンドグレーンの"まあまあこんな子どもがいるなんて"と、他20曲』作曲：ジェオルイ・リーデル、ベングト・ハルベリイ、ペール-マーティン・ハンベリイ、ビヨルン・イスフェルト、ヤン・ヨハンソン、ステファン・ニルソン、さし絵：ビヨルン・ベリイ、エーリク・パルムクヴィスト、イングリッド・ヴァン・ニイマン、イロン・ヴィークランド

【その他の本】
1971年 『わたしの思いつき』（ピッピからエーミルまでの抜粋。さし絵）文庫版

1975年 『セーヴェーズトルプ村のサムエル-アウグストとフルト村のハンナ』

1987年 『新版　最近の二つの未刊のエッセイを加えて』

1987年 『わたしのスモーランド』共著：マルガレータ・ストレムステッド、写真：ヤン-ヒューゴ・ノルマン

1989年 『はるかな国の兄弟／セーヴェーズトルプ村のサムエル-アウグストとフルト村のハンナ』さし絵：イロン・ヴィークランド

1990年 『わたしの牛は楽しく暮らしたい　動物保護の論争への意見——どのようにして、なぜ、こうなったのか』共著：クリスティーナ・フォーシュルンド、さし絵：ビヨルン・ベリイ

1992年 『ずっと昔のスモーランドのクリスマス』（アルフォンス＆ヘンリクソン編のアンソロジー『わたしが小さかった頃のクリスマス』の中に収録）

1993年 『ロッタちゃんの日記ちょう』（菱木晃子訳、偕成社、1994年）

2007年 『原本　ピッピ』まえがき：カーリン・ニイマン、解説：ウッラ・ルンドクヴィスト

アストリッド・リンドグレーンに関する本

『アストリッド・リンドグレーン伝記』マルガレータ・ストレムステード著、ラベーン&ショーグレン社、1977年、2007年4版。最も詳細かつ包括的な伝記。

『ヴィンメルビーからのアストリッド』レーナ・テルンクヴィスト著、エリクソン&リンドグレーン社、1998年。アストリッド・リンドグレーンの活動維持財団法人。

『世紀の子ども、長くつ下のピッピ現象とその条件について』ウッラ・ルンドグヴィスト著、ラベーン&ショーグレン社、1979年。博士論文。

『広い世界の中のアストリッド』シャスティン・クヴィント著、ラベーン&ショーグレン社、1997年

『ヴィンメルビーからの反逆者。アストリッド・リンドグレーンと故郷』文：イェンス・フェルケ他多数、写真：アンナ・シェルン、さし絵：トシュテン・アンデション。ヴィンメルビー、イェンス・フェルケ・プロダクション、2002年

『愛蔵版アルバム　アストリッド・リンドグレーン』監修：ヤコブ・フォシェッル、マックス・ストレム出版、2007年（石井登志子訳、岩波書店、2007年刊行予定）

『世紀のアストリッド』アンナ＝マリア・ハーゲルフォーシュ著、ラベーン&ショーグレン社、2002年

『アストリッド・リンドグレーンについて』シャスティン・リュンググレン著、ラベーン&ショーグレン社、1992年

『アストリッド・リンドグレーン──むこうみずさとキャンプファイアー』ヴィヴィ・エドストレム著、ラベーン&ショーグレン社、1992年

『アストリッド・リンドグレーンと物語の力』ヴィヴィ・エドストレム著、ラベーン&ショーグレン社、1997年

『カットフルト農場で、夕べの水浴び　詩人アストリッド・リンドグレーンについてのエッセイ』ヴィヴィ・エドストレム著、ナテュール・オク・クルテュール社、2004年

『生き生き、ゆかいなアストリッド』ヴィヴィ・エドストレム著、ラベーン&ショーグレン社、2007年

『アストリッド・リンドグレーンについての本』編集：マリー・エルヴィグ、書誌：レーナ・テルンクヴィスト、ラベーン&ショーグレン社、1977年

『鳩の女王』アストリッド・リンドグレーンに捧げる本。編集：マリー・エルヴィグ、マリアンヌ・エリクソン、ビルギッタ・ショークヴィスト、書誌：レーナ・テルンクヴィスト、ラベーン&ショーグレン社、1987年

『だい、だい、だいすきなアストリッド』アストリッド・リンドグレーンへの友情の本。編集：スサンナ・ヘルシング、ビルギッタ・ヴェスティン、スサンネ・エーマン＝スンデン、ラベーン&ショーグレン社、2001年

『木工小屋からごたごた荘へ』アストリッド・リンドグレーンの映画の世界。ペッテル・カールソン&ヨハン・エルセウス著、フォールム、2004年

『イングリッド・ヴァン・ニイマン（展覧会カタログ）』文：レーナ・テルンクヴィスト、国立図書館、2003年

『けちなごみくずじゃないや』〔『はるかな国の兄弟』の中のクッキーのことばから〕編集：レーナ・テルンクヴィスト、スサンネ・エーマン＝スンデン、ラベーン&ショーグレン社、2007年

『四人の兄妹語る。グンナル・エリクソン、アストリッド・リンドグレーン、スティーナ・ヘルギン、インゲエード・リンドストレムの四人による』ヴィンメルビー：ネース・ボア小屋出版、1992年

『昔々ある農場で……やかまし村の子どものひとりがお話しします』スティーナ・ヘルギン著、ヴィンメルビー：ネース・ボア小屋出版、2001年

『わたしの子ども時代の家、ネース──アストリッド・リンドグレーン語る』ヴィンメルビー：ネース・ボア小屋出版、2007年

『読んで旅をしよう、アストリッド・リンドグレーンの故郷』文：メナード・カールソン、ヴィンメルビー：成人学校とヴィンメルビー観光案内所の共同出版、2000年

ストックホルムのスウェーデン児童書研究所は、アストリッド・リンドグレーンについての新聞記事の切り抜きの綴りを20冊以上保管している。

アストリッドの兄妹の本

グンナル・エリクソン
(1906〜1974)

　1940年、父サムエル-アウグストから、農場（教会の借地）を引き継ぐ。農民連盟（現在のセンテルン）から国会議員に選出される（1949年〜1956年）。"リードアレンデ（借地）のグンナル"というペンネームで、千年昔のスヴィチョド国についての風刺的な本を18冊書く。実際は、スウェーデンの1950年から1970年代のことが扱われている。主要な人物にはヴァイキング風のこみいった名前がつけられているが、その時の政治家たちのだれをグンナルが意図しているかは、だれにでも理解できた。さし絵は、EWK（エヴェルト・カールソン）。

　ネースの農場は、1965年に閉鎖。教会は、土地をヴィンメルビー自治体に売却。グンナルとアストリッドは、家のまわりの土地を購入することができた。

スティーナ・ヘルギン
(1911〜2002)

　ジャーナリスト、翻訳家。250冊以上の本をスウェーデン語に翻訳。『四人の兄妹語る』（ヴィンメルビー：ネース・ボア小屋出版、1992年）の中に、「おばけを信じる？」というタイトルのお話が収録されている。

　90歳の時、『昔々ある農場で……やかまし村の子どものひとりがお話しします』を出版。ヴィンメルビー：ネース・ボア小屋出版、2001年。

インゲエード・リンドストレム
(1916〜1997)

　ジャーナリスト、主に「ランド紙」で活躍。翻訳家、および『アンナ-マリア・ルース——南の農場だけでなく』の著者。ラベーン＆ショーグレン社、1989年。アンナ-マリア・ルースは、「巨人バム-バム」の著者。

さし絵および写真出典

【さし絵】
ビヨルン・ベリイ　　16, 17, 54, 55
エーリク・パルムクヴィスト　　65
マリット・テルンクヴィスト　　42
イングリッド・ヴァン・ニイマン／サルトクローカン社　　16, 17, 29, 55, 64, 65
イロン・ヴィークランド　　28, 42, 43, 54, 55, 64
ミカエラ・ファヴィッラの地図　　66, 67, 70, 73
エヴァ・エリクソン　　上記以外のすべてのイラスト

【写真】
トールビヨルン・アンデション　　81(右下)
レーナ・フリース-イェーディン　　39, 41
ヤコブ・フォシェッル　　83
トーマス・ヘルシング　　34-35(書籍の表紙), 40(青銅の動物)
レイフ・ヤンソン　　80(右列まん中)
サルトクローカン社　　5, 6, 8, 9, 14, 19, 20, 23, 44, 47, 49, 57, 58, 62, 78, 79, 80(右列まん中以外), 82
ヴィンメルビー自治体写真管理部　　31, 38, 50, 72(左上)
ヤン・ヴィレン　　81(左)
クリスティーナ・ビヨルク　　66, 67, 68, 69, 70, 71(右列下), 72(右列上2枚), 73, 74, 75, 76
ビルギッタ・ヴェスティン　　71(右列下以外), 72(下3枚)

【作者　クリスティーナ・ビヨルク】
1938年スウェーデン生まれ。作家、デザイナー。『リネア　モネの庭で』（レーナ・アンデション絵、1985年）が世界的なベストセラーになり、続編『リネアの小さな庭』『リネアの12か月』も人気を得た。ほかに『ふしぎの国のアリスの物語』『テディベアの書いた本』『フィフィのみぎひだり』など、著書多数。

【画家　エヴァ・エリクソン】
1949年スウェーデン生まれ。国立美術学校で学ぶ。『ママときかんぼほうや』のさし絵でエルサ・ベスコフ賞を受賞。『パパはジョニーっていうんだ』『おじいちゃんがおばけになったわけ』など、日本でも多数の作品が紹介されている。アストリッド・リンドグレーンとは、年齢は離れていたが親しい友人だった。

【訳者　石井登志子】
1944年生まれ。同志社大学卒業。ルンド大学でスウェーデン語を学ぶ。『おもしろ荘の子どもたち』『やねの上のカールソンだいかつやく』『ゆうれいフェルピンの話』（岩波書店）、『ブリット－マリはただいま幸せ』『夕あかりの国』（徳間書店）など、リンドグレーンの作品を多数手がける。ほかにも、ベスコフの『リーサの庭の花まつり』（童話館出版）、『おりこうなアニカ』（福音館書店）、ベリイマンの写真絵本『わたし、耳がきこえないの』（偕成社）など、訳書多数。

遊んで遊んで　リンドグレーンの子ども時代
　　　　　　　　　　　　クリスティーナ・ビヨルク

2007年7月27日　第1刷発行

訳　者　石井登志子（いしいとしこ）

発行者　山口昭男

発行所　株式会社　岩波書店
　　　　〒101-8002　東京都千代田区一ツ橋2-5-5
　　　　電話案内　03-5210-4000
　　　　http://www.iwanami.co.jp

印刷・半七印刷　製本・松岳社

ISBN978-4-00-115582-2　Printed in Japan
NDC 949　88 p.　28 cm